LES RÉVÉLATIONS DE LA MÉMOIRE

Jacqueline de Romilly est professeur de grec ancien. Elle a enseigné dans différents lycées, puis à la faculté de Lille, à l'École normale supérieure, à la Sorbonne. Elle a été la première femme professeur au Collège de France et la première femme membre de l'Académie des inscriptions et belles-lettres. Elle a été élue à l'Académie française en 1988.

Paru dans Le Livre de Poche :

DANS LE JARDIN DES MOTS

LAISSE FLOTTER LES RUBANS

POURQUOI LA GRÈCE ?

LES ROSES DE LA SOLITUDE

LE SOURIRE INNOMBRABLE

SOUS DES DEHORS SI CALMES

LE TRÉSOR DES SAVOIRS OUBLIÉS

JACQUELINE DE ROMILLY
de l'Académie française

Les Révélations de la mémoire

ÉDITIONS DE FALLOIS

ISBN : 978-2-253-13356-8 – 1re édition LGF

Préface

Ce livre est consacré à certains souvenirs. Mais il faut aussitôt préciser que, si ces souvenirs sont d'ordre personnel, ils n'ont aucun intérêt d'ordre biographique et ne contiennent ni confession, ni anecdote. Ce n'est pas le contenu de ces souvenirs qui compte, mais leur surgissement, brusque et éblouissant. L'occasion peut être des plus minces : un nom propre, une image, une saveur... Et ce petit rien suffit à faire apparaître tout à coup un souvenir particulièrement net et riche; cela, quelle que soit l'occasion et quelle que soit la réminiscence elle-même.

Et ici j'imagine déjà mes amis, et en particulier le cher Bernard de Fallois, me regardant avec quelque découragement et me disant : « Alors, vous recommencez la madeleine de Proust ? » J'espère vraiment qu'il n'en est rien. Sans doute, on ne peut pas parler de la mémoire sans que, quelque part, flotte à l'horizon la pensée de Proust.

Nous lui devons tous quelque chose et peut-être encore plus quand on se mêle de parler de souvenirs. Cependant, si le goût de la petite madeleine, chez Proust, lui rappelle aussitôt, et en surprise, toute sa jeunesse à Combray, je voudrais espérer que les surgissements de la mémoire qui seront évoqués ici sont, en fait, un peu différents.

Mes souvenirs à moi, ou du moins ceux dont il sera question dans ce livre, surgissent, en effet, à l'improviste et à propos de rien ; mais, contrairement à ceux de la petite madeleine, ils ne renvoient à rien d'important, ils ne s'associent pas à des émotions passées ou présentes qui aient joué un rôle réel ; leur gratuité semble totale.

Des remarques équivalentes s'appliqueraient à un autre passage de Proust qui, par certains côtés, ressemble davantage aux exemples qui m'intéressent ici, car il s'agit d'un souvenir qui surgit avec une brusquerie extrême et s'impose avec une présence déroutante : c'est le souvenir de sa grand-mère qui assaille brusquement le narrateur lors de son second séjour à Balbec ; la force de ce souvenir est tout à fait exceptionnelle ; mais on peut remarquer qu'il s'agit d'une impression de la plus haute importance pour lui, pour sa vie, pour sa sensibilité, et que le retour même de ce souvenir, dans les conditions identiques que crée le second séjour à Balbec, explique très largement son apparition soudaine. La différence est importante.

Et la même différence existe sans doute avec des textes plus proches encore de ceux qui seront évoqués ici.

Il semble, en effet, que depuis quelques décennies on voie, ici ou là, apparaître des descriptions évoquant la façon dont certains souvenirs s'imposent de façon complètement inattendue, et, surtout, tout à fait irrésistible. Dans des textes divers on voit, comme je l'ai expérimenté moi-même, le souvenir prendre une telle force qu'il semble appartenir au présent, ou plutôt qu'il vous attire dans sa propre réalité et vous laisse absolument dérouté et émerveillé. J'ai ainsi recueilli, au fil de ces dernières semaines et au hasard de mes lectures, deux passages qui correspondent tout à fait aux sentiments que j'ai cherché à exprimer ici, dans ces quelques exemples. Un troisième passage, de Stefan Zweig, sera commenté dans l'appendice. Des deux autres, le premier se trouve dans le livre d'un Français d'origine russe, Andreï Makine, ouvrage intitulé *Le Testament français*[1], dans lequel il éprouve tout à coup cette émotion irrésistible, en retrouvant la photographie ancienne de trois jeunes femmes qui rejoignent sa quête du passé. L'auteur lui-même parle d'un miracle. Il écrit en effet : « Cette brève parole provoqua le miracle car, soudain, par tous mes sens, je me

1. Mercure de France, 1995.

transportai dans l'instant que le sourire de trois élégantes avait suspendu. Je me retrouvai dans le climat de ces odeurs automnales. Mes narines palpitèrent, tant l'arôme amer des feuilles était pénétrant. Je clignais des yeux sous le soleil qui perçait à travers les branches. J'entendis le bruit lointain d'un phaéton roulant sur les pavés et le ruissellement encore confus de quelques répliques amusées que les trois femmes échangeaient avant de se figer devant le photographe. Oui, intensément, pleinement, je vivais leur temps. L'effet de ma présence dans cette matinée d'automne, à côté d'elles, fut si grand que je m'arrachai à sa lumière presque effrayé. J'eus soudain très peur d'y rester pour toujours. Aveuglé, assourdi, je revins dans la pièce, je retirai la page du journal[1]. » Il ne s'agit là que d'un mince cliché dans un journal qu'il regarde des années après.

Dans un ordre d'idées tout différent et chez un auteur tout différent, on trouve, dans le livre d'Elizabeth Bowen intitulé *Les Petites Filles*, une description de l'émotion qui saisit le personnage principal en regardant une balançoire qui, tout à coup, lui fait penser à la balançoire de ses jeunes années et à tout ce qui jadis a entouré ce souvenir. Là aussi l'impression est soudaine et d'une rare vivacité. Elle écrit en effet : « J'ai expérimenté

1. Page 186.

une sensation des plus extraordinaires. Oui, et je la vis encore, et elle continue. Qu'un souvenir vous traverse l'esprit en un éclair si intense que ce ne soit plus "alors" mais "maintenant", c'est sûrement une expérience, n'est-ce pas ? Je sais parfaitement que c'est beaucoup plus qu'un simple souvenir. On se retrouve dans l'événement, en plein dedans. Les choses ont lieu autour de soi. Et non seulement elles ont lieu, mais elles n'ont jamais cessé d'être[1]. »

Les histoires qui vont suivre, dans le livre que voici, correspondent très exactement à ces deux descriptions et trouvent en ces deux livres une sorte de confirmation de la réalité de cette expérience assez étonnante. Mais, dans les deux cas que j'ai cités comme dans le cas de Proust, l'expérience en question rejoint l'idée essentielle de l'auteur, ou du livre, ou de la situation. Rechercher les souvenirs de cette femme est essentiel pour l'auteur du *Testament français* et le souvenir de l'enfance centré autour de la balançoire deviendra le moteur même de toute l'histoire racontée par Elizabeth Bowen. Au contraire, dans les cas qui vont suivre, il s'agit, je l'ai dit, de détails presque insignifiants – aussi bien pour la réalité directe du souvenir que pour le rôle joué dans la suite des événements ou de ma vie. C'est la rai-

1. Éditions Phébus, 2005, page 30.

son pour laquelle ces exemples me paraissent poser, plus nettement que tout autre, le problème que je voudrais ici soumettre à mes lecteurs. Il est déjà surprenant que des souvenirs puissent prendre une pareille intensité sans grand motif : il est encore plus surprenant qu'ils le fassent en des domaines où ils ne mènent à rien d'important dans la suite de l'histoire racontée ou de la vie vécue. C'est pourquoi, par un assez beau paradoxe, je compte sur le caractère tout à fait anodin des souvenirs eux-mêmes, tels que je vais les raconter, pour rendre clair le problème que je voudrais traiter ici : il s'agit de l'interprétation de ces faits et c'est là un problème grave, et il risque de nous mener à des tentatives d'interprétation assez imprévues et audacieuses.

Je dois au reste préciser que je raconte ces petites histoires pour servir de véritables documents et que, par suite, je n'altère en rien la vérité. J'ai seulement modifié dans le premier de ces petits récits le nom et le cadre du souvenir évoqué : j'ai voulu éviter que l'on puisse reconnaître la personne dont il s'agit ; pour les autres, le problème ne se posait pas. Ce livre voudrait être une série de témoignages et un appel à la réflexion : ni les témoignages ni la réflexion n'ont plus de sens s'ils ne sont pas la vérité de l'expérience telle que l'a vécue la vieille femme que je suis aujourd'hui.

I

Coups de lumière en surprise

Je vais, dans les pages qui suivent, évoquer une série de moments où la mémoire m'a soudain apporté des surprises, comme lorsque surgit une grande lumière dans le noir. Mais il importe de bien préciser au préalable que le reste est en effet, très largement, dans le noir. Je veux dire que dans le grand âge, la mémoire normalement ne vous apporte pas des trésors, mais qu'elle s'étiole, s'abîme et vous impose quantité de contrariétés. Dans mon cas ce malaise est accru par une difficulté à voir qui me rend difficile de vérifier quoi que ce soit. Mais déjà auparavant, dans les années qui viennent de s'écouler, j'ai eu plus à me plaindre de ma mémoire qu'à m'en féliciter. David Lodge dépeint brièvement, dans son dernier livre, les agacements qu'éprouve celui qui entend mal ; celui qui y voit mal et qui, en plus, accumule sur sa tête le poids des années, aurait encore bien plus d'anecdotes à conter pour dire sa misère. Naturellement on a à mon âge perdu la connaissance des noms propres : cela est courant et peut être, dans certains cas, extrêmement désagréable. Cela peut porter même sur le nom des auteurs les plus connus ou des amis les plus chers. L'on se sent alors très bête et très paralysé. Plus les noms disparaissent et plus le terme de gâtisme se profile, si fâcheux, à l'horizon. Et ce ne sont pas seulement les noms propres. Cela s'étend très vite aux numéros de téléphone, aux adresses, aux vers que l'on a cru savoir par cœur et à ceux que l'on aurait voulu apprendre. La mémoire lâche progressivement et l'on en souffre à chaque instant.

Mais le plus grave est qu'il ne s'agit pas seulement de détails isolés, de petites précisions sur lesquelles on glisse le plus vite possible : il semble bien, à la réflexion, que toute notre vie antérieure se soit peu à peu effacée au point que nous ne la connaissons même plus. On nous cite le nom d'une personne que nous ne reconnaissons pas et l'on nous rappelle : « Mais oui, rappelez-vous : nous avons déjeuné ensemble à Nice dans un petit restaurant… »; on se rappelle si peu que l'on en vient à douter si la personne qui se trompe n'est pas notre interlocuteur. Et du coup on se demande si ce ne sont pas, bien plus que ce déjeuner, des panneaux entiers de notre vie qui ont été oubliés. Il faut l'avouer : je ne me rappelle plus pourquoi j'étais alors à Nice; je ne me rappelle pas ce que nous faisions cet été-là ; mais quel été, au juste ? Les années elles-mêmes se brouillent ! Et cet oubli, ce noir, s'étend à des régions entières de ma vie ; cela n'a pas commencé seulement avec le grand âge : au fur et à mesure, tout a disparu, et disparu à jamais.

Quand je me suis aperçue de ces grandes zones d'oubli, et que je me suis inquiétée, j'ai essayé de revoir un peu les grandes étapes de ma vie passée. Je me suis alors aperçue que presque tous mes souvenirs, même ceux de moments heureux ou importants, étaient liés à l'image qui me restait grâce à des photographies. Avec une petite émotion de gratitude, j'ai revu ainsi des paysages, des visages, des amitiés, proches ou moins proches, qui reparaissaient alors dans ma mémoire reconnaissante ; mais ces images reparaissaient isolées, sans contexte, presque sans date, comme des pierres blanches piquées au hasard dans un désert d'oubli. Ce n'est pas là une découverte agréable. Je revois par exemple la photographie où je suis avec un être cher, en Toscane, étendue parmi des oliviers, dans une douce lumière de vacances ; mais d'où venions-nous ? De quelle ville ? Pour quelles vacances ? Et comment s'était déroulé ce voyage ? Je n'en sais plus rien du tout !

Je me demande même parfois si, lorsque l'on prend des photographies, ce n'est pas avec le secret désir de se souvenir de ce moment, plus tard. Je sais bien, en tout cas, que lorsque je prenais moi-même un cliché, je cherchais à le cadrer, à vérifier si tout tenait bien dans la même image, à observer la lumière, les oppositions : autrement dit, j'apprenais à voir et l'on peut dire aussi que j'apprenais à me souvenir.

C'est aussi par d'anciennes photographies que nous retrouvons le souvenir de nos petites camarades d'autrefois, dans les photographies de classe que l'on retrouve parfois et qui s'accumulent année après année ; chacun connaît sans doute la subtile émotion que l'on ressent à regarder ces témoignages d'un passé déjà fort éloigné. Certes, on ne retrouve pas tous les noms, loin de là ! Mais quelques noms, un visage autrefois familier, de bonnes petites filles en tablier que nous ne connaissons plus, mais qui ont été jadis nos bien chères amies. Ce qui émerge de ce passé nous attendrit et nous nous émerveillons de voir que ce passé, si bien oublié, a véritablement existé.

Peut-être se souviennent-elles mieux de moi, qui sait ? Peut-être ai-je été plus oublieuse que quiconque ! J'ai été constamment si absorbée par mon travail, par les textes à préparer, les lettres à écrire, les réflexions à préciser, que j'ai tout laissé passer, sans me rendre compte et sans rien garder. Mais ai-je donc si peu vécu ?

Et pourtant, si la description de ce désastre est parfaitement exacte, elle ne représente qu'une partie de la réalité. Des souvenirs peuvent me revenir à l'occasion de n'importe quelle rencontre ou même tout seuls. J'ai évoqué cette possibilité, il y a quelques années, dans le livre sur *Le Trésor des savoirs oubliés* et justement parce que la mémoire souffre tant dans le grand âge, je devrais dire aussi quelle jubilation cela représente quand, en surprise, un souvenir vous revient – un mot longtemps cherché en vain, un texte littéraire que l'on croyait perdu à jamais, une anecdote, peut-être un visage. Tout à coup, le nom cherché, le souvenir oublié surgit ; et alors on le reconnaît, on en est sûr, il n'y a aucun doute, il n'avait pas vraiment disparu.

Mais il y a beaucoup plus. Et le surgissement inattendu et saisissant de ces souvenirs si intenses, dont il doit être question dans ce livre, aura été, pour moi, un privilège du grand âge. Peut-être parce que l'action se ralentit et nous laisse plus de loisir, ou peut-être parce que, devenant plus fragiles, nous devenons aussi, avec l'âge, plus réceptifs ; toujours est-il que les expériences dont je vais parler ici sont des expériences merveilleuses et stupéfiantes, mais que je ne les ai, je crois, pas connues avant l'époque actuelle ; en tout cas, je n'en ai été frappée que maintenant, avec mon grand âge.

Je l'ai dit : ces souvenirs-là surgissent à propos de rien et prennent soudain une proportion démesurée et déroutante. Tout se passe comme si un coup de lumière apparaissait dans une nuit obscure, ou comme si un couvercle était brusquement ôté ; et l'expérience vous laisse étrangement dérouté.

Et pourtant, on va le voir, il peut s'agir de rien, de presque rien, de menus indices qui, au début, ne font que nous surprendre et nous interroger. Ils m'ont d'abord simplement étonnée, mais les interrogations se sont, de proche en proche, muées en d'étranges hypothèses.

Un nom propre et un regard

L'histoire qui suit est des plus simples et semble d'abord ne mener à rien. Le fait tient en deux mots : un jour, prenant en main un livre relativement érudit, j'ai vu sur la page de titre « Préface de Jean Perricaud ». Et je suis restée là, tenant le livre entre mes mains, alors que je ressentais en moi comme un arrêt de tout. Je suis restée immobile, comme si quelque chose d'important venait de se produire.

À la vérité, j'avais connu Jean Perricaud. Nous avions participé ensemble à des réunions qui devaient attribuer une série de bourses dépendant à la fois de l'Etat et d'une autre collectivité ; c'était une étrange organisation, qui n'a pas duré ; mais nous nous rencontrions, régulièrement, dans une salle universitaire, à peu près tous les deux mois, afin de discuter des bourses attribuées ou à attribuer. Je le connaissais donc, ce Jean Perricaud, et j'avais dû échanger avec lui des discussions, peut-être des conversations privées, des rencontres rapides, avant ou après les réunions ; mais le plus étonnant de tout est que, lorsque j'ai ainsi vu son nom quelque vingt-cinq ans plus tard sur ce livre, j'ai surtout été frappée, d'abord, de découvrir à quel point je l'avais oublié. J'avais dû entendre prononcer son nom ici ou là ; mais, je dois l'avouer, je n'avais, en toutes ces années, jamais pensé à lui. De là vint d'abord ma surprise.

Très vite, naturellement, mes souvenirs normaux se réorganisèrent autour de ce nom redécouvert. Je me rappelais nos rencontres, sa spécialité, qui portait sur les grandes querelles religieuses à l'époque classique ; et je revoyais même, si longtemps oubliée, la salle universitaire où nous nous rencontrions. Autour de ce nom, que je répétais avec étonnement, tenant toujours le livre entre mes mains, des souvenirs commençaient à revenir, à se compléter, à s'imposer, souvenirs de nature banale que nous pouvons tous convoquer à volonté en faisant un peu attention ; mais, tout à coup, il s'est passé autre chose.

J'ai revu d'abord la grande salle universitaire où nous nous retrouvions, occupant chacun toujours la même place, autour d'une grande table ovale. Et puis, dirigeant spontanément mon regard intérieur vers la place qu'il occupait alors, soudain je l'ai revu, lui, vivant, et – chose étrange – il me regardait ; et je l'ai vu me regarder. Ainsi avait surgi, à l'appel de ce nom, à demi oublié, une réalité vivante, présente, saisissante. Deux yeux marron étaient fixés sur moi, me communiquant un message, qui semblait urgent et que je ne comprenais pas. Ce regard était sur moi, et je ne savais même pas s'il voulait me communiquer un appel fait de sympathie ou bien une critique faite d'agacement. Et la question se posait alors pour moi, impérative, vingt-cinq ans après.

L'avais-je seulement perçu, alors, ce regard? Pourquoi ressurgissait-il? Et ces deux yeux insistaient, ne me lâchant pas. À vrai dire, je me demande si cette insistance avait été bien réelle, ou si, parce que je me posais la question, je lui prêtais une continuité que peut-être il n'avait pas eue. Mais ce regard avait existé, existait encore, insistait. Il en était comme de certains tableaux de l'école italienne où l'on voit des portraits d'hommes; et un personnage digne et discret qui vous regarde fixement sans que l'on sache exactement ce qu'il veut dire, et dont le regard vous suit, quand on se déplace légèrement dans la pièce.

Je pourrais même dire que dans ses yeux bien ouverts, fixés sur moi, la prunelle semblait remplir presque toute la surface de l'œil, ce qui contribuait à leur donner cette inexplicable intensité. De toute évidence, j'avais perçu ce regard; je ne l'avais peut-être pas bien compris; je n'y avais certainement pas bien répondu; mais c'était lui qui avait traversé toutes ces années et qui soudain me frappait directement.

L'impression était si vive et si étrange que je me suis promis de rechercher, de façon objective, ce qui avait pu donner cette importance au souvenir si longtemps oublié de Jean Perricaud. Je ne savais même pas s'il était encore vivant ! Innocemment, je me suis un peu renseignée ; et j'ai appris qu'il était mort, il y avait de cela presque dix ans. J'aurais dû le savoir ; je l'avais probablement appris ; et je n'avais pas fait attention. Je fus un peu plus frappée d'apprendre, par une relation commune, qu'il avait volontiers dit du bien de moi et marqué quelque admiration ; je fus comme soulagée de l'apprendre : son regard n'était donc pas d'hostilité, mais d'intérêt, peut-être d'une invitation à dire ou à faire quelque chose. Et alors qu'il aurait dû à présent m'être complètement indifférent, je fus soulagée de cette petite phrase rassurante : ce regard, que j'avais certainement perçu sur le moment, était donc chargé d'une sympathie à laquelle je n'avais pas su donner suite.

Ce n'était, en somme, qu'une occasion manquée.

Je sais parfaitement bien que j'aurais dû, lors de cette découverte, être frappée de remords : j'avais donc, alors que j'étais encore jeune et active, rencontré des amitiés qui s'offraient et je n'avais rien compris, je n'en avais rien fait ! Ma vie semblait donc avoir été marquée par des rencontres n'aboutissant à rien, des rapports qui auraient pu naître, mais n'avaient même pas été perçus avant plus de vingt ans ! J'avais été, comme toujours, perdue dans mon travail, dans la tâche à remplir et dans l'objectif à atteindre. Je suis ainsi, je le sais ; et j'en avais, cette fois, une preuve de plus.

Mais, il faut le dire franchement, ce remords (dont j'ai un peu l'habitude) ne fit en réalité que m'effleurer quelques instants : ce fut juste, au passage, une petite idée de tout ce qui peut faire la richesse d'une vie, à quoi je n'avais, une fois de plus, pas suffisamment fait attention. Ce qui l'emporta, en fait, fut précisément cette découverte de tous les possibles qui s'offrent à nous chaque jour et que souvent nous négligeons. Ce fut peut-être là la troisième surprise que devait m'apporter ce léger incident : au lieu d'être remplie de regrets, je fus alors, vraiment, comme émerveillée.

J'avais bien dû percevoir quelque chose sur le moment, pour que, tant d'années après, le souvenir pût ressurgir soudain avec cette force saisissante. Cela avait dû être une impression fugitive, à peine enregistrée par la conscience, mais voici : cela avait été conservé, cela m'était rendu, amplifié, rayonnant, comme le cadeau le plus inattendu !

Quelque chose avait donc traversé le temps. J'avais complètement oublié Jean Perricaud pendant vingt ans, mais, à travers le temps, j'avais pu le percevoir vivant, avec son regard posé sur moi, dans une véritable présence. Et le principe me réchauffait le cœur.

Au seul nom de Tolède

Tolède est une ville au nom glorieux, qui a joué un rôle important dans l'histoire espagnole. Elle ne tient, en revanche, aucune place dans ma propre histoire et ne m'est point familière. Et pourtant, l'autre jour, en écoutant les nouvelles et en entendant par hasard le nom de Tolède, j'ai tout à coup été saisie d'une émotion très douce, comme si ce seul nom évoquait pour moi des souvenirs précieux. J'ai alors fermé le poste de radio, et j'ai laissé monter en moi ce doux contentement. Et, peu à peu, le souvenir s'est précisé. J'ai retrouvé l'image de cette rencontre de savants et de ce moment où nous étions tous réunis, présents, sur une grande esplanade, pour une rencontre de notre association. Et j'ai revu l'image, comme si j'y étais, et les faits se sont peu à peu précisés, en même temps que les causes de cette étrange satisfaction.

En fait, tout un aspect de ma vie, que j'avais un peu oublié, se traduisait dans ce souvenir surgi soudain à l'improviste. À force de toujours mener le combat à propos d'enseignement, de cours, de réformes, j'en avais un peu perdu de vue tous ces efforts consacrés, parallèlement, à notre grande tentative pour rétablir, après la guerre, un lien entre les divers pays fondé sur la culture classique. Il s'agissait d'un groupe de savants attachés à la culture latine et grecque ; ce groupe avait pris naissance peu après la guerre, sous l'égide de l'UNESCO, et il était animé par l'idée que cette culture classique, commune à presque tous nos peuples, pouvait bien être le premier élément pour reconstruire une amitié entre nous tous. Ce groupe existe encore, il s'appelle la FIEC, ou « Fédération internationale des Associations d'études classiques ». Il tient encore aujourd'hui de grandes réunions et des colloques très suivis ; mais il faut se représenter ce que cela pouvait signifier au lendemain de la guerre ; il faut imaginer la joie confiante des premières rencontres, qui unissaient des savants d'un peu tous les pays, et surtout, à cette époque, d'Europe ; il faut se faire une idée de la douce confiance qui nous faisait alors nous unir, nous rencontrer, avec l'impression de créer quelque chose qui serait durable et précieux. Absorbée, plus tard, par les soucis et les problèmes de mon propre pays, j'avais un peu perdu de vue ce moment d'espérance et ces rencontres alors si chaleureuses, dans lesquelles nous avions l'impression de travailler vraiment à construire quelque chose qui en valait la peine. De là venait ce contentement si doux qui m'avait envahie d'abord, avant même que j'en identifie la cause. C'était le souvenir de cette commune ardeur qui nous faisait nous rencontrer et partager, avec une bonne conscience joyeuse, une même espérance.

Le nom de Tolède avait rappelé pour moi une de ces rencontres ; et, dès que mon attention put préciser les choses, j'ai revu, sur une grande esplanade, à la fin de la journée, ce groupe de savants venant de pays très divers, marchant dehors, après la séance, dans le calme et la fraîcheur du soir. Nous avions travaillé toute la journée, chacun de nous occupant une fonction et s'attachant sérieusement à sa tâche ; je crois même que c'est au cours de cette journée qu'un de nos membres les plus importants s'était soudain effondré sur l'estrade, sa chaise s'étant renversée en arrière. Dans le vague des souvenirs trop lointains l'impression de frayeur, puis d'amusement, me reste présente encore aujourd'hui. Mais la séance était finie. Et nous étions là, dehors, entre amis que liait un idéal commun.

Je les avais oubliées, ces rencontres ; mais comme elles ont été riches pour moi ! Je crois bien que retrouver l'espèce de confiance ardente et joyeuse qu'elles représentaient alors a été pour moi la principale joie que m'offrait ce souvenir soudain surgi à l'improviste. Comment avais-je pu, à côté de mes souvenirs de mes activités scolaires ou de ma vie privée, à côté des différents espoirs déçus ou satisfaits, ne plus me rappeler ce grand effort de collaboration et la confiance joyeuse qui l'accompagnait ? C'était donc un merveilleux cadeau de le redécouvrir soudain. Mais en fait le plaisir était double ; car, d'abord, je me rappelais notre vivace espérance dans tous ces beaux projets internationaux et je me rappelais la joie et l'amitié qui les accompagnaient : elles me revenaient soudain, toutes fraîches, présentes à l'esprit ; mais elles se doublaient en fait de la surprise qu'il y avait à les retrouver ainsi toutes vivantes et présentes dans un monde tout différent et après de multiples années. En un instant, en surprise, ces deux espèces de joie se mêlaient et répandaient en moi une espèce d'allégresse tout à fait inhabituelle. Ce groupe, si proche, de quinze ou vingt personnes, représentant diverses nationalités et sortant d'une séance dont j'avais complètement oublié la teneur, m'était soudain rendu, avec sa rayonnante confiance d'alors.

C'était si délicieusement amical ! Nous avions bien quelques difficultés. En un sens, elles étaient assez pittoresques : nous nous débattions comme nous pouvions avec nos langues diverses, et ces accents parfois étranges qui nous faisaient passer d'une langue à l'autre avec un charmant effort de bonne compréhension. Et il y avait cette merveille, que nous n'étions unis que par notre commun idéal ; j'allais dire « par le haut ». Nous y croyions fermement, et nous étions convaincus, les uns comme les autres, que cette culture classique qui nous enfantait était le meilleur lien qu'on puisse imaginer entre des peuples récemment secoués par mille drames. Plus de discussions, plus d'examens, de nominations, de certificats, rien de tout ce fardeau, en grande partie administratif, qui pèse si lourdement sur notre vie quotidienne de professeurs de l'enseignement supérieur, et qui crée de surcroît des agacements, des jalousies et des rancunes. Nous vivions des textes antiques : ils étaient notre lien de parenté et notre force à tous. De la sorte, entre nous qui étions les premiers à créer et à animer ce mouvement, un sentiment de chaleureuse fraternité s'était développé ; et la connaissance des petites manies de chacun prenait alors la saveur de fraternelles habitudes.

Et tout cela me revenait au cœur au seul nom de Tolède – simplement parce que c'est dans cette ville qu'avait eu lieu une de nos rencontres et que cette rencontre tout à coup m'était rendue présente et concrète tant d'années après. À vrai dire je ne me rappelle rien de ce court séjour à

Tolède. J'ai oublié les monuments et jusqu'aux tableaux du Greco ; j'ai oublié où nous logions ; j'ai même oublié qui exactement était présent ce jour-là ; mais voici que tout à coup me revenait l'image précise et comme la saveur de cette fin de journée où nous nous retrouvions après avoir travaillé ensemble, prenant le frais, par petits groupes, sur cette vaste esplanade. Tolède n'était alors pour moi que ce moment de paix et d'espérance, avec des personnes à qui me liait une chaleureuse fraternité. Le souvenir était pour moi très doux, comme un tardif satisfecit donné à ces activités d'alors.

Et je revis soudain dans cette lumière du soir, prête à bientôt s'effacer, tous ces savants amis, éparpillés par petits groupes, parlant doucement entre eux. Mon attention se fixant et se précisant, voici que m'apparaissaient ces petits groupes : je revois, allant à grands pas au-devant de tous, les deux Français très passionnés, Marcel Durry et notre secrétaire générale Juliette Ernst, discutant de nos affaires, penchés l'un vers l'autre. Je les revois, comme si j'étais placée derrière eux : ils se découpaient devant moi, de dos, les uns après les autres, tous les amis d'alors ; car nous étions vraiment amis. Je ne peux pas jurer de qui était là : peut-être ce Polonais si amical, un généreux latiniste qui fumait beaucoup et à qui j'apportais, je m'en souviens, des paquets de Gitanes qu'il appréciait particulièrement. Il y avait sans doute ce Suisse très grand, au long cou et à la tête penchée, patient et tranquille, toujours attentif ; je ne crois pas qu'il y avait mon cher ami danois qui fut un temps notre président : mais il y avait cet autre ami de toujours, venu d'Oxford, avec son merveilleux français et son délicieux accent anglais ; il y en avait dont j'ai oublié les noms, je l'avoue. Et qu'importent les noms ? Je pourrais sans doute les retrouver aisément. Mais je ne veux pas faire ici une analyse historique ; je ne cherche pas à retrouver les faits avec ma vraie mémoire de tous les jours : je veux seulement me contenter de cette image brusquement entrevue et qui me rend présents des souvenirs, en fait, très chers. Je ne souhaite que retrouver cette surprise et ce doux contentement par lequel l'image de notre groupe s'était manifestée en moi. Je souhaite revoir encore l'image de ce groupe de gens si affectueusement associés et marchant tranquillement sur cette grande esplanade. À notre droite, il y avait un parapet dominant une grande partie du paysage et, sur la gauche, un peu en avant, la masse sombre d'un monument, dont je ne sais plus rien aujourd'hui. Mais je crois que nous ne regardions ni le paysage au-delà du parapet ni la masse sombre du monument sur notre gauche : nous parlions, nous étions amis, nous nous entendions bien, et nous vivions d'espérance pour l'avenir. Et la douceur de l'air, elle-même, semblait être une promesse.

Pendant un grand moment, j'ai retrouvé, proche et fraîche, cette douceur de l'air sur cette esplanade, à Tolède.

Mais c'est alors que m'est arrivée une surprenante aventure. Et je me dois, je crois, de la rapporter en toute honnêteté. J'ai si bien revu cette esplanade, elle m'a paru si grande et si belle dans ce soir si doux, que j'ai cherché à la situer dans ce que je savais de Tolède. Cette connaissance était, je l'ai dit, passablement floue. Et c'est une des raisons pour lesquelles j'ai tout à coup éprouvé un doute violent, presque hallucinant. Tout était venu du nom même de Tolède ; tout se plaçait autour de ce moment précis dont j'avais retrouvé soudain l'aspect même et jusqu'aux odeurs et à la saveur de l'air. Mais, cherchant dans mes connaissances si imprécises, je me mis tout à coup à me demander où donc était cette fameuse esplanade. Je la revoyais si large, si vaste, si vide… Existait-elle vraiment ? Alors, cherchant en vain dans mes souvenirs, je me suis dit : « Était-ce bien à Tolède ? »

Le doute avait jailli brusquement ; et tout sembla alors déraper dans une sorte d'incertitude, où je perdais pied. Y avait-il une si grande esplanade à Tolède ? N'étais-je pas en train de confondre avec l'Escorial ? Avais-je tout mélangé ? Comme on cherche à reprendre son équilibre, je me disais que peut-être notre groupe s'était réuni à Tolède et avait été en excursion à l'Escorial. Mais alors, pourquoi tout me serait-il revenu à l'esprit à propos du seul nom de Tolède ?

J'ai passé des moments fort désagréables à tenter de relier des faits qui n'allaient plus ensemble. Je me suis demandé si je n'avais pas, dans ce souvenir soudain retrouvé, agrandi par l'imagination cette esplanade où nous nous promenions, déplacé le cadre, modifié la réalité. Pourtant, ce cadre, je le revoyais si nettement !

Et puis, tout à coup, je me suis dit avec un intense soulagement que cela n'avait pas vraiment d'importance. Il était possible que j'aie en effet lié tout ce souvenir au nom de Tolède pour des raisons diverses : parce que nous y étions allés une autre fois, ou même j'avais pu seulement être hantée par la célébrité de cette vieille et auguste ville, dont peut-être nous avions parlé ensemble... Et même s'il y avait cette erreur fondamentale de dénomination, n'était-ce pas émouvant de penser à ce souvenir heureux qui cherchait à revenir vers moi, et devait traverser des zones incertaines et s'accrocher à ce qu'il pouvait trouver pour soudain rayonner dans ma conscience, fût-ce sous un faux nom ? Nous savons bien, dans la mémoire consciente, le mal que nous avons parfois à rappeler un souvenir dont nous avons besoin, et pour lequel notre pensée tâtonne, cherchant des repères inattendus et des ressemblances complices.

Et c'est pourquoi, à l'heure où j'écris ces pages, je l'avoue sans honte : je n'ai rien vérifié ! J'admets que ce doute a pu exister. Et je m'émerveille de penser que ces révélations du passé sont là, quelque part, et que nous avons tant de peine à les accueillir et à les identifier. Tout se passe comme si un souvenir riche et lumineux s'accrochait ainsi à n'importe quoi de connu pour arriver enfin, si nous en avons assez de loisir et de liberté intérieure pour en accueillir le don, à notre perception consciente.

Les souvenirs seraient donc là, réels, capables de se présenter un jour, au moment favorable, et cette certitude était aussi précieuse que la révélation elle-même. Tous les doutes sur des détails restent possibles ; tous les mystères également. Et pourtant, non ! C'était bien Tolède ! Pourquoi tout avait-il surgi lorsque avait retenti à mes oreilles ce nom de Tolède ? Pourquoi cela avait-il été si immédiat ? Pourquoi n'avais-je pas un instant hésité, à la première seconde ? Je reconnais que ma mémoire avait pu donner à l'esplanade une surface un peu trop grande, que je l'avais peut-être élargie à la mesure du bonheur que le souvenir de toutes ces circonstances avait semé en moi. En tout cas, je bénis le nom de la ville, s'il a pu m'en apporter le merveilleux souvenir, avec cette force.

De tels souvenirs ne trompent pas et de tels contentements non plus. Après tout, il n'y a pas tant de moments dans le passé qui puissent nous revenir sans une ombre de remords, de regrets ou d'amertume : nos rencontres d'autrefois, dont j'ai alors retrouvé la saveur, m'ont rapporté, dans leur fraîcheur, la confiance des jours passés.

Un soir à Argenton-sur-Creuse

Des amis à moi, ayant des attaches dans le centre de la France, ont mentionné l'autre jour par hasard le nom d'Argenton-sur-Creuse. Et tout à coup ce nom, qui n'avait aucune raison au monde de m'émouvoir, m'a remplie d'une sorte de ferveur imprévue. J'ai soudain eu la vision d'une chambre, et senti dans mon imagination la douceur d'une fourrure contre ma joue. Un souvenir très ancien avait brusquement jailli en moi et, rayonnant, me transportait ailleurs, bien des années auparavant. Je devais avoir environ huit à dix ans et je me souviens parfaitement, avec ma mémoire ordinaire et sous une forme innocente, des circonstances : nous faisions alors un long voyage en voiture, vers le Pays basque. Oui, un long voyage ! Aujourd'hui ce serait l'affaire d'une toute petite journée, voire d'une demi-journée. Mais ma mère s'était adressée au Touring Club de France qui nous avait fait tout un itinéraire menant de Paris à Saint-Jean-de-Luz, en une dizaine de jours de voyage : le papier indiquait chaque fois les étapes, l'endroit du déjeuner et les monuments à ne pas manquer. C'était une façon de visiter la France et c'était mon premier voyage en voiture. Il y avait d'ailleurs deux voitures, car des amis très proches partageaient cette aventure avec leur Citroën, tandis que ma mère inaugurait sa belle Fiat toute neuve. Je me rappelle encore aujourd'hui les principales étapes de ce voyage ou au moins quelques-unes ; car je notais soigneusement dans un beau journal d'enfant, d'une écriture appliquée, les lieux de coucher et de déjeuner. J'ai dû lire ce journal quelques années plus tard et j'ai encore à l'esprit ces triades toutes fières qui définissaient ma journée comme : « Alvignac – Figeac – Cahors » ! J'étais bien fière, naturellement, d'une pareille équipée. Je dois avouer que, pour le reste, j'ai tout oublié et n'ai certainement ressenti aucune extase touristique. Mais c'est ainsi qu'un des tout premiers jours nous sommes arrivés pour l'étape à Argenton-sur-Creuse.

J'ai gardé un souvenir vague, mais objectif, de notre arrivée dans cette chambre d'hôtel. Je ne sais plus si je l'avais noté dans mon journal, mais je sais bien que l'hôtel était médiocre et la chambre d'une propreté légèrement douteuse. Ma mère avait, je crois, soulevé les draps, les couvertures, pour vérifier l'état de la literie avec une suspicion qui ne contribuait pas à me rassurer. Et puis je me suis couchée; on m'avait fait dîner de quelque façon; et ma mère était descendue dîner avec nos deux amis de la Citroën.

Il ne faisait pas très chaud dans cette chambre et le léger dégoût que j'avais contracté en voyant l'inquiétude de ma mère me laissait le sentiment désagréable de me trouver dans un endroit peu accueillant et assez suspect. Cela, je m'en souviens vaguement, de façon objective, et mon sentiment était, au demeurant, facile à imaginer et à reconstituer. Je ne dirais pas que j'avais peur : une grande fille de mon âge n'avoue pas volontiers qu'elle a peur seule dans une chambre, et probablement en chasse-t-elle le souvenir aussi loin que possible. Pourtant j'ai certainement éprouvé un fort malaise et une sorte d'inquiétude assez naturelle dans un endroit que l'on ne connaît pas et où l'on se trouve seul. Je crois bien me souvenir du fait que je me suis levée, que j'ai senti le linoléum sous mes pieds nus et que j'ai été jusqu'à la grande armoire. Je la reconnais parfaitement cette grande armoire, un peu plus loin sur la droite de mon lit, et il était absurde d'aller l'ouvrir pour vérifier qu'il n'y avait rien ni personne à l'intérieur, puisque je savais que ma mère, déjà, l'avait ouverte. Et pourtant, je suis parfaitement sûre d'y avoir été par méfiance et – disons-le – par crainte. Naturellement, il n'y avait rien. Je suis à peu près certaine aussi que j'ai même gagné la fenêtre, mais les persiennes étaient bien closes, on ne voyait rien : c'était à la fois une sécurité contre toute menace venue de l'extérieur et un sentiment bizarre de me trouver emprisonnée dans un endroit si peu familier. Je crois bien que mon cœur battait un peu vite. En tout cas, je suis absolument certaine que je me suis à nouveau glissée dans ce grand lit, dont les draps m'ont paru à la fois très froids et très rugueux, de même que les couvertures m'ont paru terriblement lourdes. Tout cela flotte vaguement dans ma mémoire, imprécis et inavoué. J'ai eu le temps de penser que jamais je ne m'endormirais dans cette horrible chambre inconnue et j'ai éprouvé ce sentiment que les enfants connaissent plus qu'on ne veut croire, et peut-être surtout les enfants uniques – l'angoisse de la solitude. Dans ces moments-là, on a envie d'appeler et naturellement on n'appelle pas. On perçoit mal pourquoi on se sent si inquiet et désespéré ; et moi, l'héroïne de ce beau voyage dont en principe j'étais si fière, je sais bien que je me sentais malheureuse comme les pierres.

C'est alors que se produisit l'événement, le souvenir éclatant, la merveille inoubliable et tout à coup redevenue présente. J'ai trouvé une aide concrète, merveilleuse, et tous mes soucis se sont, d'un coup, apaisés. Telle fut la merveille ; et c'est cela qui me revint à l'esprit de façon fulgurante, le jour où mes amis m'ont parlé de cette ville, et cette suite s'est soudain imposée à moi comme si j'y étais encore.

Pourquoi cela surgit-il ainsi, après tant de dizaines d'années ? Peut-être est-ce justement parce que le grand âge, en développant les disponibilités liées au loisir forcé, me livrait plus facilement à ces retours vers des impressions lointaines. Tout se passe comme si le présent ne faisait plus peser sur la mémoire son urgence et son besoin d'action immédiate. Tout s'est présenté à moi comme si, tant d'années après, je me retrouvais tout à coup dans ce grand lit et cette chambre vide, où j'allais bientôt m'endormir.

Je revois tout si bien ! Ma mère avait laissé, pour si j'avais un peu froid, son manteau en travers du lit ; ce manteau avait un col de fourrure ; et, d'un geste instinctif, comme on se réfugie dans un lieu ami enfin redécouvert, j'ai enfoui mon visage dans ce col de fourrure et je m'y suis pelotonnée, sachant y trouver un abri contre tout.

Ce geste instinctif n'est probablement jamais tout à fait sorti de ma mémoire ; mais, brusquement, en entendant mes amis, je l'ai, en quelque sorte, revécu comme si j'étais encore la petite fille seule, dans la chambre. Soudain, tout y était ; je sentais, avec ma joue gauche, la douceur des poils et je sentais la double odeur : la légère sauvagerie qui était l'odeur de la fourrure et la douceur bien connue du parfum maternel. C'était elle que je respirais ainsi et que je reconnaissais ; c'était elle que j'aspirais de tout mon être. Je caressais doucement la fourrure, dans un sens, puis dans un autre ; et j'aimais sentir s'exhaler la douceur de l'odeur familière. Je caressais la fourrure, j'y enfonçais mon nez, et la fourrure était, pour un instant, ma mère. Et je ressentais, tout naturellement, un soulagement intense et indéfinissable : je sentais que je m'endormais, pacifiée, comme si une étreinte réelle était venue apaiser mon inquiétude. La figure plongée dans la fourrure, j'étais comme sauvée de toute menace.

D'aucuns vont sans doute me dire, de leur air entendu, que j'aspirais en réalité à la tiédeur tranquille du sein maternel, avant ma naissance. Je veux bien ; mais, dans mon souvenir, il s'agit de tout autre chose. Je savais très bien ce qu'était cette fourrure ; je connaissais ses poils relativement courts, d'un marron clair et légèrement brillant et je pourrais presque, maintenant que je suis mieux informée, tenter de dire ce que c'était : probablement, du castor ! C'était, en tout cas, une fourrure très précise et familière. C'était une odeur que je connaissais très bien, que je reconnaissais. J'avais senti son parfum, jour après jour, quand ma mère me disait bonsoir ; et je crois bien que je connaissais déjà le nom de ce parfum qu'elle aimait et que j'ai, vers cette époque, tenté de lui offrir avec mes économies : le Shalimar de chez Guerlain. En tout cas c'était l'odeur de ma mère bien vivante, celle que je trouvais, quand je l'embrassais, dans le creux de son cou ; c'était celle aussi que je retrouvais dans ses écharpes, avec lesquelles j'aimais à jouer. Elle évoquait nos liens constants de tendresse.

Oui, cela a suffi : ce bout de fourrure dans cette chambre inhospitalière ! Et voici que cela suffisait aussi pour venir ainsi, tout à la fin de ma vie, ranimer soudain ce moment de confiance enfantine, qui m'aide encore aujourd'hui.

Il m'arrive encore de me pelotonner contre les coussins de tapisserie qu'elle a jadis brodés au petit point. Il m'arrive encore d'y chercher le même apaisement que de cette chambre solitaire d'Argenton-sur-Creuse.

C'était hier : j'étais cette petite fille effrayée dans une grande chambre inconnue, mais l'aide que j'ai reçue alors rayonne même sur mon présent et sur ces jours parfois difficiles du grand âge.

II

Les joies d'hier revisitées

Lorsque je rédigeais le chapitre précédent, dans lequel j'avais employé généreusement les mots de « doux contentement » ou bien même d' « émerveillement », une sorte de lassitude s'est emparée de moi. Je ne me suis pas rendu compte que je commettais alors l'erreur contre laquelle j'avais soigneusement mis en garde l'éventuel lecteur : je considérais le souvenir en lui-même et non la façon dont il avait surgi et s'était imposé avec une force surprenante. J'avais pourtant fait exprès de choisir des exemples où le contenu même du souvenir devait être le plus insignifiant possible pour que toute l'attention fût donnée à ce surgissement inattendu.

Alors, naturellement, je me suis comme découragée à l'idée que ces souvenirs, en eux-mêmes, étaient, comme il convenait, sans importance. J'ai eu tout à coup l'impression que ma vie se ramenait à ces petits épisodes qui ne comptaient guère pour moi. Un collègue tout à fait oublié et que l'on croit revoir, un groupe de savants, dont on ne sait même plus les noms, qui passent, sans qu'il arrive rien, sur une esplanade, dont on n'est même plus certain de bien localiser l'emplacement, ou encore un souvenir d'enfant, tel que beaucoup d'autres que moi ont dû en connaître, et qui fut bref et sans conséquence. Tout cela me semblait une gerbe bien pauvre.

Et d'ailleurs, que d'incertitudes ! Je ne savais même pas à présent le sens de ce regard que ce collègue m'avait peut-être adressé ; je ne savais même pas à la suite de quelle réunion nous étions là, ensemble, sur cette esplanade, ni si cette esplanade était vraiment Tolède ; et je ne savais plus non plus quel âge avait la petite fille qui s'endormait sur la fourrure de sa mère et qui n'avait rien retenu du voyage qu'on lui montrait. Cela faisait beaucoup, beaucoup d'incertitudes ! Qui plus est, même à présent que ces souvenirs avaient soudain traversé en flèche ma mémoire, ils ne tardaient pas à s'effacer dans une sorte de grisaille due à la fois au temps et à leur imprécision. Et, pour finir, je me disais qu'en fin de compte cela ne changeait rien pour moi que ces moments eussent été conservés et eussent ainsi reparu.

Par moments, dans la vie un peu vide que me faisait le grand âge, je me disais, en me remémorant ces exemples, qu'ils illustraient peut-être, avant tout, le fléchissement de ma mémoire.

J'avais oublié, totalement, Jean Perricaud : j'avais dû même me renseigner auprès d'un tiers ; j'avais oublié le nom de ces confrères en Espagne qui, à m'en croire, m'avaient paru si proches. Oui, j'avais oublié le nom de Tolède, mais je n'avais pas oublié que cela : de toute notre entreprise si fervente, que me restait-il, et quels noms, quelles amitiés en avais-je tirés ? Me souvenir de tout cela, un beau jour, en surprise : la belle affaire ! Moi qui m'émerveillais de ces moments retrouvés, je me disais qu'en fait je ne m'en souvenais même pas – en tout cas pas comme on devrait se souvenir des moments que l'on a vécus et qui ont eu au moins une petite importance pour vous. C'était ainsi, me disais-je, le grand âge ! Et c'était ainsi, la vie…

J'espère que personne, en lisant ces petites histoires, n'aura éprouvé le même sentiment ; car c'était un sentiment absurde ; et bientôt, avec évidence, je m'en suis rendu compte.

La question n'était pas de savoir si, dans ces souvenirs ainsi ressuscités, je me souvenais de tout et sans erreur possible : la merveille était que, venus de si loin et si longtemps perdus de vue, ils se soient tout à coup manifestés, avec une présence aussi indiscutable. D'autre part, s'il est vrai que j'avais oublié bien des choses qui m'étaient arrivées au cours de ma longue existence, il serait un peu naïf de croire que j'avais tout oublié. Mon existence avait été remplie d'événements, d'efforts, de réussite, de tendresse : tous m'étaient encore présents, et étaient comme les relais de ma vie passée. Certes, ils n'apportaient aucun élément intéressant pour une réflexion sur la mémoire : ils étaient évidents, précieux, indestructibles.

Et puis, quelle folie, aussi, de croire que, si le miracle s'était ainsi accompli à propos de petits détails sans importance – ce qui faisait tout le prix de leur surgissement –, le même phénomène ne pouvait pas se produire pour des souvenirs beaucoup plus heureux et même radieux. À vrai dire, ce surgissement soudain et lumineux de souvenirs, jusque-là oubliés, était chaque fois un petit miracle et je ne puis prétendre que je pourrais citer des exemples indéfiniment. Mais, par chance, j'en connais quelques-uns, peut-être moins frappants, pour le principe, que ceux que j'ai cités, mais pleins de lumière et de bonheur. Quelques-uns, pas beaucoup. En tout cas, assez nombreux pour que je puisse ici tenter d'en raconter un ou deux. Simplement, il ne faut pas que je commette à nouveau l'erreur de m'attacher à leur contenu plus qu'à leur surgissement ; et je souhaiterais vivement que le lecteur, s'il est arrivé jusqu'ici, n'imite pas l'erreur que je viens d'évoquer, et ne se laisse pas prendre au contenu du souvenir alors que tout ce qui compte est son apparition en surprise, un beau jour, à propos de rien ou de presque rien.

À Pâques, dans ma maison de Provence

Ma demeure d'Aix-en-Provence, située en pleine campagne, parmi les pins et la garrigue, est pour moi le lieu du bonheur. J'ai accumulé en moi, à son sujet, toutes sortes d'images qui m'étaient précieuses, évoquant les merveilles qui se révélaient à moi à Pâques, ou bien l'été, ou même à Noël; j'ai écrit divers petits textes à ce sujet. Et, m'installant délibérément dans ce bonheur contemplatif, je sais que, jour après jour, j'ai tiré mon fauteuil dans tel ou tel endroit du jardin, m'émerveillant de la lumière sur les marronniers, du reflet de l'eau dans le bassin et de la douce lumière sur les fleurs sauvages de mon jardin qui ont chassé les fleurs cultivées, mais répandent à Pâques une odeur délicieuse. J'ai aussi très souvent tiré mon fauteuil sur la terrasse tout simplement, face aux deux grands marronniers, dans le silence; et il me semblait jouir alors de moments rares où l'air était délicieux et le silence parfait. J'ai tiré mon fauteuil à droite ou bien à gauche, au soleil ou bien à l'ombre, selon l'heure ; parfois près du petit bassin, où les poissons rouges font un léger clapotement tranquille, dans le silence absolu du jardin. Ces moments m'ont été précieux ; j'ai tenté de les recueillir, de m'en souvenir ; j'ai même parfois tenté de les communiquer aux autres, en les décrivant du mieux que je pouvais. Mais il se trouve que je n'ai jamais parlé de ma maison. Il faut dire qu'elle est comme beaucoup de vieilles maisons provençales, peu ouverte sur l'extérieur, bien refermée et protégée, elle est douce et harmonieuse, mais on s'y tient seulement quand la nécessité ou la nuit vous interdit d'être dehors.

Et c'est ainsi que j'ai pu, malgré tant de souvenirs précieusement chéris et ressassés, tous relatifs au jardin, me laisser prendre un beau jour par un de ces souvenirs fulgurants et irrésistibles, depuis longtemps perdus de vue, qui s'est imposé à moi un jour, et qui se plaçait dans la maison ; il évoquait un moment passé dans la grande chambre du premier étage, alors que je venais, après une lourde pluie d'orage, en fin de journée, d'ouvrir la fenêtre sur le jardin en train de renaître.

Or, je dois l'avouer : cette fois-là, j'ai été un peu plus aidée que dans les exemples du chapitre précédent. J'ai retrouvé, deux ans après l'événement, des notes diverses où je me plaisais à fixer des souvenirs, importants ou secondaires, portant sur une description ou sur un sentiment ou peut-être sur quelque relation amicale avec l'un ou l'autre. Et je ne sais pas ce qui dans ces notes, relativement si anciennes, m'a un jour frappée et a tout rappelé à moi, alors que plus d'une année s'était écoulée, et que je me trouvais à Paris, loin de ma maison de Provence et de ses charmes, quels qu'ils fussent. Je me suis rappelé, de façon lucide, une notation de ce temps-là, un simple détail ; et cela a suffi pour que tout le reste surgisse, m'environne, m'attire dans une réalité tout autre que celle où je me trouvais. Tout à coup, le moment d'alors m'est revenu, dans toute sa présence et sa réalité ; il a été là, pour la seconde fois, aussi éblouissant que la première fois, et peut-être plus encore.

J'étais dans la grande chambre du premier étage, celle qui a deux petites fenêtres, donnant, l'une sur la terrasse, et l'autre sur l'extérieur, là où l'on abandonne la voiture et où l'on doit pousser, à la main, la lourde porte de la terrasse. À l'angle du chemin, marquant cette entrée, se dresse le cyprès sombre, dont on ne voit plus que le haut une fois entré et la porte de la terrasse refermée sur le dehors : le petit mur fait une limite entre deux mondes. D'ailleurs, dès que l'on sort de la maison, toujours, on regarde de l'autre côté, vers la porte où s'inscrit, à distance, la montagne Sainte-Victoire. En tout cas, ce jour-là, il avait plu, abondamment ! Et de l'intérieur, la petite fenêtre ouverte sur la terrasse, je regardais depuis mon fauteuil. Et tout ce qui m'a frappée, tout ce qui aujourd'hui encore me revient soudain à la mémoire, c'est le contraste que l'on ne voit que du premier étage, entre le noir foncé de ce cyprès après la pluie et la douce luminosité des roses de la petite tonnelle, alors battue par la pluie, mais en pleine floraison de printemps. Ces fleurs étaient blanches ; le cyprès était sombre : et tout est parti de là.

Il y a tant de maisons provençales qui ont ainsi un cyprès pour marquer leur entrée : c'est comme un signe tout fier, ponctuant le paysage. Je crains même qu'aujourd'hui cela ne soit assez mal vu : le remède contre les incendies possibles consiste, on le sait, à tout couper, pour plus de sûreté. Naturellement, mon cyprès à moi, qui a été planté par mes beaux-parents, n'est pas, comme je le suggérais à l'instant, tout noir : il est d'un beau vert sombre d'arbre bien-portant, mais je sais bien que, ce jour-là, il m'a paru noir, peut-être un peu à cause de la pluie, mais surtout par ce contraste tout à fait inhabituel et que l'on ne pouvait voir que de la maison : le contraste avec la blancheur des roses de la tonnelle. La pluie, bien entendu, expliquait cette impression. Il faut aussi dire que l'heure de la journée était avancée, que la lumière venait de l'ouest et qu'il était donc un peu, déjà, en contre-jour ; mais qu'importe, l'essentiel est que je le revois en ce moment même, saisissant, sombre, magnifique, et alors en contraste avec l'éclat tendre de la tonnelle de l'autre côté du petit mur d'entrée.

Cette tonnelle est placée juste en dessous de la fenêtre dans la grande pièce où je me tiens. En fait il y a deux tonnelles et c'est un enchantement assez bref, mais qui revient tous les ans, vers Pâques. À cette époque, ces petites roses d'un rosier Banks s'épanouissent, innombrables, les unes blanches et les autres d'un jaune très pâle. Et là – ah ! je les vois si bien, si intensément ! – elles constituent, au ras de ma petite fenêtre, comme un tapis fleuri que je pourrais toucher de la main. Je pourrais, de la fenêtre, en cueillir ; mais ce serait folie, car elles sont, les pauvres, trempées de pluie et toutes prêtes à perdre leurs pétales. Je sais bien, d'ailleurs, et je le savais déjà sur le moment, que quelques mètres plus bas, au niveau de la terrasse, il doit y avoir un doux tapis de pétales blancs, détrempés et jetés bas par l'orage. Ils sont alors éparpillés sur le sol, comme pour marquer la fin d'une fête. Assurément, depuis ma fenêtre, je ne peux pas les voir, ces pauvres pétales jonchant le sol ; mais, parce que je les connais, je sens leur présence, je devine cette odeur de fleur mouillée ; et cette présence plus bas, sur le sol, est pour moi aussi évidente que le sont, derrière moi, les murs de la pièce où je me trouve. Leur odeur de fleurs à demi fanées se mêle à l'odeur de celles qui restent fleuries sur la tonnelle et qui, de la pièce où je me trouve, m'emplit délicieusement les narines, se joignant à la fraîcheur du soir.

Oui, la fraîcheur du jardin mouillé après l'orage ! J'ai dû alors quitter mon fauteuil et me rapprocher de la fenêtre, m'emplir le cœur de cette précaire bénédiction – car l'odeur de la pluie est un luxe exquis dans les pays méridionaux. À l'odeur des fleurs mouillées se mêle alors, je le sais bien, celle de toute une végétation qui respire et se reprend et se répand comme un sourire de convalescence. Je le sais, je le sens, cette odeur est en moi, aujourd'hui, dans mon appartement de Paris ! Tout d'un coup, un souvenir m'a saisie de ce moment précis et différent de tous les autres. J'ai dû m'approcher de la fenêtre, me pencher, respirer encore ; c'est comme si aujourd'hui, à Paris, des années après, je me penchais encore à cette étroite petite fenêtre, donnant sur une campagne mouillée. Je vois alors toute la terrasse ; je l'ai souvent vue, et je l'imagine aisément ; mais, cette fois, c'est un peu plus : vraiment, je la revois et je la redécouvre. Je revois, au-delà de la première impression aperçue dans l'angle de la fenêtre, tout le paysage familier, la terrasse détrempée de flaques d'eau, la douce courbure des petits remparts de pierre qui limitent la terrasse et, au-delà, les feuilles des deux grands platanes qui remuent doucement dans le soir. De là, je distingue même la caresse du dernier soleil couchant qui apparaît après l'averse. Et, au-delà, la campagne toute silencieuse, car les oiseaux ne sont pas encore remis de l'orage qu'ils ont subi.

Ah ! La joie de retrouver, dans mon appartement de Paris, la douceur ineffable de cette terre chargée d'humidité et où déjà un soleil nouveau commence à caresser les verdures trempées ! Je sais que j'ai été regarder à l'autre petite fenêtre, celle qui donne sur l'extérieur et par où arrive le dernier soleil du soir, pénétrant dans la chambre et jetant sa lumière jusqu'au fond de la pièce. Je sais que j'ai revécu cela. Je sais aussi que je me suis sans doute alors jetée, étendue et comblée, sur le grand lit à moitié défoncé qui m'offre si souvent le repos, quand, par hasard, je ne suis pas dans le jardin. Et la preuve du miracle est bien là : voici que je revois jusqu'au détail de cette chambre familière, que, cependant, je ne regarde jamais ! Je revois les deux fenêtres étroites avec leurs vitres à petits carreaux : l'une est ouverte et l'autre non. Mais je revois aussi, dans la pièce silencieuse, ces deux fauteuils Empire, restes d'un mobilier heureux et soigné, qui ont été gentiment réparés, grâce à des voisins ; et je revois la petite glace au-dessus du meuble Empire entre les deux fenêtres et je revois les meubles familiers, qui furent jadis beaux et soignés... J'ai dû me dire, sur le moment, et peut-être me redire, quand j'ai relu cette petite note, qu'il fallait savoir profiter de ces moments où tout m'était donné. Mais comment me serais-je attendue à voir ce don s'accomplir ainsi, tant d'années après, et à tant de kilomètres de distance ?

Sans doute ai-je connu le bonheur dans cette maison, tout comme dans mon jardin : je suis heureuse ici, toujours. Mais, ce jour-là, on aurait pu croire que tout s'était réuni en un seul point, à jamais vivant, pour me préserver ce bonheur et lui faire traverser le temps.

C'était ce jour-là, il y a des années ; et c'est en fait aujourd'hui, en ce moment, que je ressens et que je respire toute la présence de ce passé.

Je crois bien que je vois la lumière du soir à présent pénétrer en même temps par les deux fenêtres, et se refléter, au passage, dans la glace ancienne aux ors un peu ternis, qui est placée trop haut, et ne reflète jamais rien que la lueur lointaine et tendre du jour qui finit.

On s'étonnera peut-être de ces joies toujours égoïstes : on pensera, peut-être, que j'ai toujours vécu seule et n'ai jamais rien partagé. La vérité est, sans doute, que j'ai ressenti plus fortement la présence du monde extérieur, quand je me suis trouvée seule. Il en est de même pour les promenades et pour presque toutes les impressions fortes. Lorsque l'on est avec un autre, on s'intéresse à ce qu'il dit, on parle, on écoute : on est distrait et occupé de l'autre et on est alors moins réceptif à tout ce qui nous vient du dehors. Peut-être aussi le fait d'y voir moins bien et de me sentir condamnée à bientôt ne plus y voir du tout, a-t-il pour effet de me rendre plus accueillante aux impressions visuelles, aux spectacles de la nature, à sa présence. Peut-être même ma façon de voir les choses est-elle modifiée par ce sentiment si aigu de la fragilité du spectacle qui m'est offert. Je veux en profiter à l'extrême, précisément parce que je risque de bientôt n'en pouvoir plus profiter du tout. Cela devait être vrai déjà quand les choses vraiment me sont arrivées il y a quelques années ; cela devait être plus vrai encore quand les notes rédigées à la main, à la hâte, me sont tombées sous les yeux ; mais cela est encore plus saisissant, quand tout m'est ainsi offert, avec la vision des moindres détails, à un moment où normalement je ne vois plus rien, que cet héritage inattendu d'un moment revenu du passé.

Il y a eu des moments, je m'en souviens fort bien, où je me disais avec une joie prudente et ravie : « J'y vois encore ! » Et peut-être, à cause de cela même, y a-t-il eu des moments où je pensais en moi-même : « J'y vois enfin ! » Je voulais dire par là que j'apprenais à me laisser envahir pleinement par un spectacle dont je savais qu'il allait m'échapper et d'où je tirais pourtant encore une joie vivace et intense. C'était, à chaque fois, une sorte de révélation du réel ; et, suprême récompense, c'était, dans mon appartement de Paris, une révélation accordée en supplément, dans toute sa force retrouvée, et peut-être dans toute sa force nouvelle.

J'ai dû rester longtemps, alors, étendue sur ce lit aixois, aimant la pièce, aimant le jardin, aimant la lumière et peut-être la vie ; et, pendant des années, j'avais oublié ce moment complètement. Pourquoi ? Il a suffi, dira-t-on, de quelques mots jetés sur un papier et presque tout à fait oubliés ; mais des mots jetés sur un papier ou notés sur des cassettes, j'en ai de quoi remplir des meubles entiers, de souvenirs, de réflexions, notés au passage, pour me tenir compagnie et pouvoir le dire, un jour, à quelqu'un. Alors peut-être la raison est-elle que j'ai plus de souvenirs de mes séjours dans le jardin, aux divers endroits du jardin, que de ce moment passé dans la maison, en plein jour, entre l'heure de la pluie et la douceur du soir. J'avais sans doute oublié ce moment un peu plus que d'autres. Mais cela n'explique en rien l'intensité de ce retour, et de cette présence si forte, après tout ce temps écoulé. Peut-être, après tout, étais-je simplement, ce jour-là, prête à accueillir ce souvenir dans une conscience libre de tout le reste. En tout cas, c'est arrivé ; et au moment où je dicte, aujourd'hui, le souvenir de cette expérience, voici qu'à nouveau tout est présent, bouleversant.

La grotte bleue

L'épisode de la grotte bleue ne se rattache pas à une série d'événements ou de situations aussi importants dans ma vie que le précédent. L'occasion à laquelle ce souvenir se rattache est elle-même presque accidentelle.

On a beaucoup parlé de la grotte bleue de Capri : ce n'est pas d'elle qu'il s'agit ici. Mais c'est elle qui a fourni le point de départ pour le souvenir qui va suivre. J'ai vu une fois, récemment, une allusion à une nouvelle écrite par un de mes anciens confrères et portant sur la grotte bleue de Capri ; je me souviens, je crois, que la jeune héroïne finissait par tomber dans les bras du batelier qui l'avait menée là-bas. Mais rien qu'en rencontrant le nom de cette grotte bleue, aussitôt, pour moi, le souvenir d'une autre grotte bleue a surgi et s'est imposé : celui de la grotte bleue de Lipari, où j'avais en effet été il y a peut-être vingt ou vingt-cinq ans.

Je me trouvais alors à Lipari et l'on ne sera pas surpris d'apprendre que c'était pour des raisons universitaires ; mais j'avais prolongé un peu mon séjour, pour visiter en particulier la grotte bleue. Et voilà que chez moi, à Paris, au seul nom de l'autre grotte, citée par un auteur, mon propre émerveillement m'est revenu, stupéfiant.

J'étais là, à Paris, bien tranquille, et déjà fort âgée. Et tout à coup, je me suis retrouvée, dans ce modeste bateau, pénétrant dans la grotte et soudain éblouie.

Oui, tout était bleu, d'un bleu indescriptible. C'était l'eau qui était bleue et qui remplissait l'atmosphère de la petite grotte. Mais comment dire ce bleu ? Il était à part, doux et lumineux, transparent, léger, profond. Cela ne ressemblait à aucun des bleus connus : ce n'était pas du bleu lavande ni du bleu pervenche, ni – encore moins – du bleu roi ou du bleu de Prusse ou même du bleu azur – pas non plus le bleu du lapis-lazuli. « Céruléen » est un beau mot pour un bleu, mais c'était encore un autre bleu que dégageait cette eau parfaitement tranquille et dont on distinguait si bien tout le fond. La grotte était tapissée de rochers qui se reflétaient clairement à travers l'eau. Je cédais à l'éblouissement de me pencher sur cette eau lumineuse et calme qui ne ressemblait à rien d'autre. Cette couleur miraculeuse s'imposait à moi, surprenante et irréelle, comme si l'on soulevait un petit côté d'un grand voile et que l'on eût soudain accès à quelque chose de beaucoup plus rare et de plus brillant que tout ce que l'on avait jusqu'alors connu. Le bleu de l'eau était, à proprement parler, lumineux.

Je ne sais pas, même aujourd'hui, comment on explique cette luminosité, mais je sais bien que, sur le moment, on ne songe pas à la définir, tant on est saisi. On a le sentiment qu'on la voit naître de partout, et rendre tout comme transparent et transfiguré. Je revois la forme de la grotte, je revois où la barque était arrêtée, sur le côté, mais tout se perd dans le bleu.

Et puis… eh bien ! Il y eut quelque chose de plus, et qui reste pour moi un véritable problème. Je ne sais trop comment c'est arrivé ; mais à l'émotion suscitée par le bleu qui régnait partout se joint une impression ou plutôt une sensation extraordinairement précise et précieuse : je ne sais comment, mais j'ai été en contact avec cette eau, comme si j'y avais plongé, et j'ai senti la caresse fraîche de cette eau qui vous portait, comme si l'on n'avait plus soi-même aucun poids. Or, je me dis que ce n'est pas possible, car je ne peux pas imaginer que j'aie soudain plongé dans cette eau, laissant à bord mes vêtements, mon sac, mes papiers, mon argent, avec lesquels le batelier aurait si bien pu partir : je ne suis pas imprudente à ce point. Et d'ailleurs était-ce seulement l'été ? Je ne le crois pas, puisque j'étais là pour des raisons universitaires. Je ne devais pas être en maillot de bain, de toute manière ; je n'ai pas dû plonger ; j'en ai seulement rêvé. Il se peut que le bateau ait été spécialement aménagé pour que l'on pût, en descendant quelques marches, entrer en contact direct avec cette eau, y plonger largement le bras et sentir en effet couler contre soi cette eau anormalement légère et qui vous portait déjà, même sans y être entièrement entré. Peut-être, simplement, ai-je eu tellement envie de m'y plonger complètement que j'ai ensuite imaginé que je l'avais fait. Peut-être ma mémoire a-t-elle été faussée par quelque influence magique de ce lieu si exceptionnel. À la vérité, j'aime le contact de l'eau de mer, j'aime sentir glisser contre moi la caresse de l'eau quand je me baigne, l'été. J'ai dû rêver de ce contact-là et il a suffi de plonger un bras dans cette merveille toute bleue pour imaginer que je m'y étais tout entière plongée. Mais le résultat est là : encore aujourd'hui, dans ma chambre parisienne, je sens, physiquement, à n'en pas douter, la caresse de cette eau immobile et transparente. Cette fraîcheur revit en moi, et cette transparence autour de moi, si étrangement irréelle. J'étais dans un monde de rêve, mais on ne peut plus concret, sensuel, et proche.

J'accepte donc, en théorie, l'idée qu'il y a là une grande part d'imagination, mais, spontanément, mon être s'y refuse : la caresse de l'eau dans la grotte bleue est une sensation que je ne puis renier.

En tout cas l'important n'est pas là : il est dans le fait que cette sensation et cette perception si particulières soient restées en moi tout ce temps ; le trésor était demeuré là, bien caché, enfoui pendant si longtemps ! Et, tout à coup, tout m'était rendu, tout m'était offert, peut-être embelli par l'imagination, mais en tout cas plus lumineux que tout ce qui m'entourait et m'occupait dans la vie. C'était comme si s'entrouvrait un grand voile, me livrant, un instant, une lumière céleste.

N'y aurait-il pas, en somme, des richesses insoupçonnées qui soudain se révèlent au moment où l'on croyait avoir tout perdu, à la fin de sa vie ? C'est là une hypothèse qui me plaît ; et elle jette, dans la sombre atmosphère du grand âge, une lumière aussi étonnante que la lumière de la grotte bleue dans mon souvenir de Lipari.

Le cas des oiseaux japonais

Le cas des oiseaux japonais est assez différent des anecdotes racontées jusqu'ici : il ne s'agit plus, ici, d'un souvenir ancien qui soudain reparaît ; il ne s'agit même pas vraiment d'un souvenir. Mais l'expérience a été pour moi des plus curieuses ; et elle montre comment un passé à peine oublié, bien que tout récent, peut susciter en nous un sursaut de joie, vif et inattendu. L'épisode est assez rare et inhabituel ; il suppose des conditions assez exceptionnelles ; mais il touche trop étroitement au rapport liant le surgissement du souvenir et l'éblouissement qui en résulte, pour ne pas mériter de figurer, à côté des autres exemples, comme une sorte de prolongement qui m'a paru, en lui-même, suggestif.

Ici encore, il s'agit d'un livre ; mais ce livre est, en fait, le catalogue d'une exposition. Cette exposition a eu lieu il y a un ou deux ans, entièrement consacrée aux peintures d'oiseaux d'un peintre japonais, appelé Uemura Atsushi. Je n'ai pas pu assister à l'exposition, empêchée par mes infirmités et par la foule qui se pressait là ; mais j'ai rapporté le catalogue et j'en ai même acheté, ensuite, plusieurs exemplaires pour les offrir à des amis, tant il m'enchantait. C'était un catalogue d'un assez grand format, comportant, sur chaque page, une de ces peintures d'oiseaux. Je crois que les peintures étaient beaucoup plus grandes, mais déjà, sur chaque page, l'image se distinguait avec une rare présence. Il faut le dire aussitôt : il ne s'agissait pas d'oiseaux ordinaires pris au hasard dans la vie du Japon ; il s'agissait d'oiseaux rares, précieusement conservés et longuement observés, dont la délicatesse fragile et la richesse des couleurs paraissaient échapper à toutes les habitudes de la réalité. Les couleurs dont ils se paraient étaient d'un raffinement incroyable ; la finesse de leurs pattes, la souplesse de leurs cous, le délicat chatoiement des bleus, des jaunes et des rouges, se combinant en de savants dessins sur toute leur personne, pouvaient émerveiller au premier regard, et paraître de plus en plus étonnants quand on continuait à les observer. Du sommet de la tête à l'extrémité de la queue, chacun était une œuvre d'art, où paraissait pourtant la vie : ils semblaient toujours prêts à s'envoler. Ils n'étaient nullement présentés comme dans un manuel d'ornithologie : l'un d'entre eux paraissait prêt à prendre son envol ; on voyait son long cou gracile qui se tournait, on suivait ce mouvement et, dans le prolongement du long bec effilé, plus loin sur la page, tout à coup, on découvrait et l'on voyait au bout de son regard, sans doute, une femelle, colorée exactement des mêmes dessins luxueux de couleurs différentes et savamment entrecroisées. Peut-être aussi apercevait-on, parfois, des petits, semblables dans leur coloris extravagant et reproduisant exactement le modèle de leurs parents. La tendresse des cous souplement retournés à l'intérieur de cette famille si étroitement liée, donnait à l'incroyable apparition le caractère d'une présence vivante et d'un groupe tendrement uni. La finesse incroyable des pattes et la folle exubérance des couleurs réparties sur les corps, semblaient tout à fait irréelles ; mais la vie qui se détachait de ces regards échangés les rapprochait soudain de nous et les rendait réels. On ne savait pas si l'on s'étonnait plus à la pensée que la nature pouvait comporter de ces luxes à peine croyables ou bien si l'on admirait plus encore le talent de l'artiste qui avait su rendre vivants et présents ces êtres situés en apparence au-delà du réel. Il savait aussi montrer ces becs si fins se tournant vers le haut pour un envol probable ; et, sur certaines pages, on voyait en effet de longues files d'oiseaux se suivant, les ailes déployées, dans une fuite hardie à jamais immobilisée. Oui, le peintre japonais avait dû les observer bien longtemps, et les aimer bien longtemps, pour nous communiquer, même dans des reproductions, ce sentiment d'émerveillement devant ce qui n'était ni un rêve ni une réalité, mais les deux à la fois.

Il est vrai que j'ai sur le moment beaucoup admiré ce recueil qui était en fait un catalogue ; mais le plus frappant est ce qui m'est arrivé ensuite. Depuis plusieurs années, mais de plus en plus ces temps-ci, j'y vois fort mal. Alors, parfois, j'essayais, pour voir si je pouvais encore apprécier ces petites merveilles d'un monde si différent. Ce n'est pas que je sois une grande experte en oiseaux d'aucune sorte ; je ne connais pas leur nom ; et si j'aime, dans les soirées aixoises, à saisir de mon mieux le chant d'un rossignol ou de quelque autre oiseau dans un arbre, je ne suis pas une passionnée des oiseaux comme il en existe de par le monde ; mais j'avais envie de voir si je pouvais encore profiter de ces images. Aussi, je reprenais parfois le livre et le parcourais sous une machine à lire, fortement grossissante, avec un étonnement chaque fois réitéré. Et voici ce qui, alors, m'est arrivé.

Un jour, peut-être un an après le premier contact que j'avais eu avec ces oiseaux, j'ai voulu faire l'expérience, et j'ai rouvert le livre. Et j'ai voulu, pour en juger, porter le livre sous ma fameuse machine à lire. Par pure curiosité, j'ai placé le volume sous la lampe. D'abord, rien ! Doucement et en tournant légèrement le volume vers la gauche ou vers la droite, j'ai fait glisser la page, cherchant si quelque chose apparaîtrait. Et soudain, dans cette absence qui s'imposait à moi, j'ai aperçu un long bec fin, puis un cou d'oiseau souple, marqué de couleurs merveilleuses que je voyais très bien ; et puis, tout à coup, l'oiseau vivant, se détachant sur la page pour mes yeux presque aveugles, et j'ai poussé un cri solitaire de surprise émerveillée. Le plaisir de cette apparition soudaine et vaguement attendue m'a arraché cette exclamation de ravissement. Oui, je voyais un oiseau aux pattes fines, aux couleurs mordorées, savamment tachetées, et il se tournait et voilà un peu plus loin, en bougeant le livre, un autre oiseau semblable, identique, et en dessous un troisième ! Le surgissement, à la fois espéré et incertain, me comblait d'un bonheur stupéfait. Je dois avouer que j'ai recommencé une ou deux fois l'expérience, avec le même résultat ; à chaque fois, les oiseaux surgissaient, inespérés et intensément présents, comme un cadeau du ciel.

Si je n'avais pas eu quelque souvenir de ces merveilleuses images, je ne les aurais ni cherchées, ni trouvées. Mais, parce que j'avais douté de moi-même, et aussi parce que je n'avais pas un souvenir assez précis de ces images qui étaient, dans le catalogue, nombreuses et chaque fois différentes, ces oiseaux d'un autre monde avaient surgi brusquement pour moi, en surprise, alors que je n'osais plus rien espérer. Il y avait bien un souvenir vague, une attente ; et pourtant, peut-être du fait même des circonstances, l'apparition surgissait en surprise, saisissante.

Ce fut là une curieuse expérience qui, par certains côtés, peut être rapprochée des souvenirs si particuliers dont j'ai essayé ici de rappeler les occasions. Et pourtant, si j'ai fourni toutes ces explications, c'est afin qu'il soit bien net que le cas des oiseaux japonais reste un cas à part et nous invite à une grande prudence dans l'interprétation de cette expérience.

Le cas des oiseaux japonais est en effet une sorte de contre-épreuve ou de fausse épreuve. J'ai parlé de souvenirs ; mais il s'agit de faux souvenirs : j'avais parcouru le livre en de nombreuses circonstances, mais aucune image particulière ne s'était imposée à moi, n'appartenait à mon expérience et à mon passé. D'ailleurs ce n'étaient qu'à peine des souvenirs, puisqu'il s'agissait d'expériences antérieures d'à peu près un an et qui ne me concernaient en rien. D'autre part, la surprise avait été grande et avait été saluée d'une exclamation émerveillée, mais c'était aussi une fausse surprise. Je me l'étais ménagée savamment, en plaçant le livre sous la machine grossissante, en pleine lumière, et puis en le tournant doucement pour chercher s'il y avait une image et si de ce grand vide gris allait surgir une présence : c'était chercher exprès ; c'était artificiel ; c'était une surprise savamment organisée et mise en scène. Un faux souvenir et une fausse mémoire : la vieille dame à la vue faiblissante avait joué de toutes ses possibilités pour créer artificiellement une expérience, qui était réussie, mais ne ressemblait nullement, en fin de compte, aux révélations inattendues qui m'apportaient, en d'autres occasions, le souvenir soudain rappelé à la vie d'événements réels appartenant à mon passé. Et la fausse ressemblance entre cet exemple et ceux qui ont été cités auparavant montre assez combien les limites sont difficiles à bien cerner, et combien le lien est étroit entre les révélations de la mémoire et le plaisir que l'on peut trouver à jouer avec elle, quand il s'agit de beauté.

*

Mais l'expérience des oiseaux japonais n'a pas seulement l'avantage de nous aider à préciser les limites des expériences rapportées ici : elle permet au passage de suggérer à quel point les souvenirs se mêlent à notre vie dans les moindres détails, et le rôle qu'ils jouent dans notre vie quotidienne. Le plaisir de distinguer ces oiseaux est en grande partie dû au souvenir imprécis d'avoir admiré auparavant de tels oiseaux, peut-être ceux-là, dans ce livre, un jour. Et, à la limite, il est fort probable que tout ce qui nous a été cher, des personnes proches et leurs habitudes, des phrases de musique, des poèmes, des images de pays ou même d'un objet familier, nous apporte une joie qui est à chaque fois neuve, mais s'enrichit, sans que nous nous en rendions compte, des expériences antérieures dont nous nous souvenons vaguement : nous retrouvons en fait une impression déjà connue, et la meilleure part de notre plaisir consiste à percevoir vaguement cet écho antérieur. Connaître est un plaisir : reconnaître double ce plaisir. On me dit un vers des stances de Polyeucte – et Dieu sait que les stances de Polyeucte ne m'occupent pas tous les jours et ne me sont pas *a priori* plus proches que d'autres textes – et voici que tout à coup, avec plaisir, ma mémoire retrouve la suite, retrouve les mots, est prête à suivre la phrase qui se déroule. J'entends avec une sorte de jubilation la menace prophétique de Polyeucte : « Rien ne t'en saurait garantir / et la foudre qui va partir, / toute prête à crever la nue, / ne peut plus être retenue / par l'attente du repentir » ! Douceur de retrouver ce que l'on a jadis connu, sans y faire trop attention, et douceur plus grande encore de le redécouvrir, comme si c'était la première fois. J'ai choisi cet exemple assez peu naturel et qui ne représente pas nécessairement la quintessence de mes goûts littéraires. J'aurais pu citer tel gémissement bien plus connu de Musset ou deux trois vers de Valéry dans leur force, que chaque rencontre accroît et semble encore enrichir. Ou bien telle phrase d'un concerto pour violoncelle de Bach qui m'a souvent fait tant de bien : je ne peux pas me la réciter et je crois facilement l'avoir oubliée, mais deux notes suffisent pour m'emplir déjà d'une ferveur qui est à la fois découverte et reconnaissance. J'ai parlé parfois dans ce livre de moments d'extase et d'émerveillement : on s'aperçoit vite que les plus petites sensations de la vie courante, les diverses présences de la beauté ou simplement de la grande familiarité ajoutent cette note de jubilation aux expériences les plus courantes et les plus banales.

Je crois que cela est vrai et même que cela est important. Mais je me rends compte de la tentation à laquelle je suis en train de céder, depuis plusieurs pages. La mémoire est si importante et son action sur nous si variée que, au premier effort d'attention que l'on fait, pour en admirer les beautés, on est entraîné de proche en proche à la découvrir partout présente et partout – oui, avouons-le –, partout source de jubilation.

Mais, du coup, nous nous éloignons de plus en plus de ce qui était notre propos. Il faut s'en rendre compte. Il faut tourner le dos à ces expériences trop familières et qui ne nous révèlent rien de notre passé. Qu'ils s'envolent loin de nous, ces oiseaux japonais, aux couleurs fascinantes ! Ils ont pu nous faire illusion un moment à cause de cette petite ressemblance d'un effet de surprise dans la redécouverte et de passagers émois ; mais ils doivent surtout nous servir à éviter les confusions et à tracer des limites bien claires.

Si les joies de la mémoire sont multiples et partout présentes, celles dont il est question dans ce livre sont d'une espèce à part. Il s'agit de souvenirs précis, appartenant à notre passé à nous, parfois très anciens, et se présentant avec un relief soudain exceptionnel. Ce relief n'est pas tout : le même relief peut s'attacher à des cauchemars, à des hallucinations, à des visions qu'à un moment nous croyons réels. Mais les exemples étudiés ici joignent cette impression de surprise, de présence, et d'intensité, à un véritable rappel d'un moment précis de notre passé que nous pouvons identifier exactement. Le rêve n'est pas la révélation ! D'ailleurs, le sentiment de la réalité, qui s'impose à nous dans ces cas exceptionnels, ne présente nullement la même menace trop réelle que revêt souvent l'imagination née de notre corps malade : les révélations de la mémoire, quand elles nous rendent un instant du passé, nous remplissent d'une joie attendrie et précieuse, étonnée, et au surplus indestructible.

Je sais bien que peu à peu la mémoire de ce moment de révélation devient un souvenir moins fort et de plus en plus banal, un souvenir comme les autres. Il n'empêche que, dans l'ensemble, la révélation de ce moment du passé qui nous est rendu subsiste avec une précision, une netteté et une vraisemblance que n'ont jamais les fausses surprises de l'imagination. Quand je pense aux souvenirs aixois, évoqués dans la première partie de ce chapitre, je retrouve immédiatement la fraîcheur et l'humidité de l'air après la pluie sur la campagne mouillée. J'ai éprouvé ces mêmes impressions bien d'autres fois, mais elles s'attachent désormais, pour moi, de façon puissante, à ce moment d'exception, passé dans la chambre du haut, et revenu soudain dans toute sa force, pour m'enchanter. J'aimerais être là-bas et vérifier depuis cette position près de la fenêtre, dans la chambre du haut. Reste comme à part cette vision exceptionnelle du vert foncé du cyprès apparaissant par-dessus le petit mur et tranchant sur le blanc cassé des roses ruisselantes de pluie, mais aussi de promesses retrouvées. J'aimerais y être encore ; mais en un sens j'y suis encore.

Je sens cette odeur, je vois ce contraste, à tout jamais. Est-ce que je sens encore frémir les feuilles des deux platanes mouillées, bougeant doucement dans l'air frais d'après la pluie ? Je le crois ; je le sens, je les entends. Parce qu'une fois, il y a sans doute plusieurs années, j'ai noté quelques mots sur cette impression que j'avais ensuite oubliée, elle m'a été rendue dans sa plénitude, impalpable et présente.

De même, moi qui viens de tant insister sur les difficultés actuelles que j'ai à voir et à distinguer les couleurs, c'est un fait que je vois, de mes yeux, vraiment, ce bleu impalpable et unique de la grotte bleue des îles Lipari ! Il est là, présent autour de moi ; je le distingue, je sais que j'ai tenté de le faire de façon négative, en disant : « Non, ce n'est pas celui-ci, ce n'est pas celui-là » ; moi qui ne vois presque plus et qui viens justement de m'en plaindre, je le vois dans tout son éclat qui m'entoure et me pénètre, parfaitement distinct et présent. De même, je sens, de façon indiscutable, la fraîcheur de cette eau qui n'a ni un poids normal ni une densité normale et qui me caresse le bras, délicieusement. Je perçois tout cela comme si j'y étais et il me semble, en effet, y être.

Par-delà les caprices de la mémoire, les faux-semblants, les impressions plus ou moins fugitives, il y a donc là une expérience unique, sur laquelle on ne peut s'empêcher de s'interroger. Les réponses ne sont sans doute pas à notre portée ; mais ne pas chercher à les cerner d'un peu plus près, à chaque fois, serait à mon avis presque déshonorant.

III

De *La Belle Hélène* à l'éternité

Au moment d'aborder le dernier de ces petits récits, il me faut, je crois, considérer deux objections qui pourraient m'être faites et que je me suis faites à moi-même.

La première est que cela fait trop peu d'exemples pour être vraiment concluant. Certains, on l'a vu, sont fort minces, au total si l'on arrive à cinq ou six c'est bien tout le bout du monde. Cela est vrai. Mais faut-il donc s'en étonner ? Ce qui est surprenant, au contraire, est d'en avoir réuni autant en un nombre très limité d'années. Il n'est pas habituel que l'on cite de tels exemples ; peut-être, parmi les personnes qui me liront, la plupart n'ont sans doute jamais connu une seule de ces expériences. En fait, le plus remarquable est que j'en aie connu autant en si peu d'années. Mais je serais portée à penser que cela s'explique par mon grand âge et par les difficultés avec lesquelles je suis aux prises. Je suis fort âgée, presque complètement aveugle, et j'entends mal. Cela n'est pas l'idéal et m'oblige à des moments de pause, d'agacement, de rêverie, où mon esprit n'a plus l'activité bousculée, qui a été de règle au cours de toutes ces années, commandée par le travail et par l'urgence. Quand cette urgence cesse, il se fait une sorte de relâchement, d'attente, d'ouverture. Si l'on court du matin au soir et du soir au matin, d'activité en activité, il y a peu de chances que l'on se laisse aller soudain à des souvenirs extravagants et à des révélations imprévues. Je ne crois pas du tout que mon état actuel explique l'étrange luminosité des souvenirs que j'ai évoqués ; mais il explique certainement la disponibilité qui fait que je m'en aperçois et que, encore lucide, mais moins pressée, je les accueille et m'ouvre à eux plus facilement. Toutes ces révélations, si j'ose les appeler ainsi, se placent en réalité au cours des deux dernières années. Peut-être en viendra-t-il d'autres ? Mais il serait quelque peu imprudent de les attendre ! Et n'y en aurait-il eu que deux, cela me paraîtrait assez convaincant pour la surprise et l'éblouissement que j'ai souhaité rapporter ici.

L'autre objection possible, et même fort légitime, est que, précisément dans cet état de réceptivité, j'ai pu être tentée de rajouter tel détail venu de la mémoire ordinaire : ce détail ne me serait apparu qu'après coup et sous l'effet de l'attention donnée à mon petit miracle. Et il est parfaitement vrai que, si la révélation lumineuse et certaine est bien là, elle risque d'être aussitôt rejointe par ce que j'ai appelé ailleurs les souvenirs ordinaires : ceux-ci peuvent ajouter un détail, modifier une date, retoucher, par conséquent, l'image un instant apparue. Cela est certainement le cas pour ces souvenirs-révélations, quand ils se placent en des lieux qui m'ont été familiers, et que j'ai revus plusieurs fois. Ainsi mon souvenir éblouissant de ce court moment dans ma maison d'Aix a été peut-être complété par la connaissance normale que j'ai de cette pièce, de la place des meubles, de la place des tableaux et des fenêtres : comment l'empêcher ? Il peut même arriver que, peu à peu, l'impression saisissante entraperçue en un éclair se transforme elle-même au contact de la mémoire et de la raison en un souvenir qui devient bientôt plus normal et plus habituel. Le miracle s'efface, et se rapproche progressivement de nos souvenirs habituels – sans pourtant jamais se fondre avec eux. Cela est, peut-être, encore plus vrai pour le souvenir assez détaillé qui va intervenir dans ce dernier chapitre : il se place dans un appartement que j'ai connu pendant de longues années, où j'ai été à plusieurs reprises et il se peut très bien qu'à l'impression indiscutablement saisissante de l'image principale se soient alors mêlés des souvenirs accessoires de meubles ou de personnes qui n'aient pas été présentes ce jour-là, mais à un autre moment : je les aurais alors, sans m'en rendre compte, agrégés, par erreur, à la rayonnante impression du début.

Qu'y faire ? L'important est d'arriver à saisir cette impression première et à la décrire, le plus honnêtement possible, afin d'essayer d'en cerner un peu mieux les possibles explications.

À partir d'une cassette usée

Pour une fois, le brusque surgissement d'un souvenir presque oublié ne fut pas lié à l'apparition d'un nom propre ou d'une brève citation : ce surgissement est venu d'une vieille cassette qui avait été enregistrée il y a bien des années et que j'ai retrouvée par hasard, un soir, dans le tiroir de ma table de chevet, en Provence. Le titre était écrit à la main : *La Belle Hélène.* Émue par cette réapparition d'une œuvre que j'aimais bien, j'ai eu la curiosité de prendre la cassette. C'était une vieille cassette très usée. Et chacun sait que les cassettes se conservent mal. Lorsque l'on a vécu aussi longtemps que moi, on a vu se succéder divers procédés d'enregistrement, qui ont fait la grande mode, et puis soudain ont disparu. Je possédais ainsi une très belle collection de ces grands disques noirs d'autrefois ; faut-il dire soixante-dix-huit tours ou trente-trois tours, je ne sais plus. Je sais seulement que mes amis et mes élèves, d'année en année, me faisaient cadeau des enregistrements que j'admirais le plus, de façon à me constituer une belle collection pour les jours où j'aurais enfin un peu de loisir, et où je pourrais alors choisir parmi ces trésors lentement accumulés. Lorsque j'ai eu enfin un peu de loisir, ces disques-là étaient passés de mode, si bien que l'on ne trouvait plus nulle part les appareils pour les écouter. Il a fallu tout recommencer, depuis le début, avec les cassettes. Et je me suis habituée ; et je me suis procuré de nouveaux enregistrements. Je me suis même habituée, y voyant de plus en plus mal, à enregistrer moi-même sur des cassettes. Il y a des livres que j'obtenais par des abonnements – toujours sur des cassettes – et puis un beau jour on m'a dit : « Il n'y a plus de cassettes. » Les appareils pour les enregistrer sont devenus de plus en plus rares et difficiles à trouver, les appareils pour les écouter également. On est passé aux CD et déjà aux DVD et, me dit-on, à des procédés bien plus modernes encore. Et il faut reconnaître que pour les cassettes, cette mort brutale qui me contrarie si fort, ainsi que tous les malvoyants, se justifie par une réalité : ces cassettes se conservent mal. Elles prennent vite un son nasillard et grelottant, qui déforme la parole et tue pratiquement les enregistrements musicaux. Cela m'a donc amusée, ce soir-là, de retrouver une ancienne cassette, donnant *La Belle Hélène* de Jacques Offenbach.

Et le fait est que, dès que je l'ai glissée dans mon petit appareil, j'ai constaté que le son en était désastreux. Il était à la fois faible et grinçant, comme s'il venait de très loin. Il était si laid que c'en était presque attendrissant. Et cela, je crois, a été pour beaucoup dans ce qui m'est alors arrivé. Le son tout déformé de cette vieille cassette retrouvée par hasard semblait vous projeter, inéluctablement, vers le passé. Il était déjà souvenir par lui-même ; il évoquait les choses révolues, rappelait, par ses défauts mêmes, l'éloignement de ce passé qu'avait éclairé, jadis, *La Belle Hélène.*

Mais quel passé ? Je l'ai entendue bien souvent au cours de ma vie, cette opérette de Jacques Offenbach, je l'ai entendue dans de bons enregistrements, je l'ai entendue exécutée sur la scène ; mais mon souvenir soudain me ramenait beaucoup plus loin que ces occasions de ma vie récente. Tout à coup, je revoyais un moment, un moment vieux de plus de soixante ans, mais qui m'apparaissait avec une précision soudain parfaite. Je revoyais un grand salon, très bourgeois et confortable, où j'avais l'habitude de me rendre déjà étant enfant, très souvent. Mais voici que, tant d'années après, je me retrouve dans le grand salon traditionnel ; je revois très bien les diverses personnes assises à écouter gentiment :

elles écoutaient quoi ? Quelqu'un qui chantait l'air du berger Pâris dans *La Belle Hélène.* Je revois la pièce, je sais où étaient la porte et les fenêtres, je revois les meubles, je revois exactement la place du piano dans cette grande pièce très classique et je revois les visages tournés vers celui qui chantait. Mais là est la surprise que, tant d'années après, je m'explique encore mal : celui qui chantait était un haut fonctionnaire, un homme qui avait joué un rôle dans l'État et qui, ce jour-là avec les siens, par plaisir, s'amusait à chanter *La Belle Hélène.*

Est-ce croyable ? Apparemment ils étaient comme cela, les grands bourgeois d'alors. Ils avaient du loisir, de l'hospitalité, de la gentillesse ; ils savaient rire et s'amuser ; et ils n'avaient besoin ni de grands enregistrements ni de retransmissions. Ils se plaisaient à restituer eux-mêmes, comme ils pouvaient, ce qui leur avait donné du plaisir. C'étaient des amateurs et c'étaient aussi, je l'ai dit, des gens pleins de loisir et de gentillesse. Et dans mon lit d'Aix-en-Provence, tout à coup, ce trait du passé soudain m'attendrissait. J'avais vécu cette époque-là, et voici qu'elle revivait pour moi, incroyable, et tout à fait présente.

Je ne revois pas qui accompagnait au piano ce chanteur improvisé. Peut-être sa femme, Cécette, mais elle était cachée par le piano, et mon attention était tout entière tournée vers ce visage rieur en train de chanter l'air du berger Pâris. Il tenait la partition à la main, bien entendu : à l'époque des amateurs, on avait des partitions chez soi, et je revois son visage si délicatement marqué par l'âge et par l'époque, un homme bien mis, avec l'air courtois et le teint rose d'un homme qui semblait toujours rasé de près. Pourtant il ne faut pas croire – et je ne voudrais pas que cette brève vision le laissât croire un instant – qu'il s'agissait d'un bon bourgeois, amène et patelin, comme on se les imagine volontiers aujourd'hui. Je l'ai dit, il avait rempli de hautes fonctions et en remplissait peut-être encore. Il avait dû aussi faire la guerre, car je me rappelle très bien, ce que je ne vis pas dans ce souvenir brusque d'Aix-en-Provence, qu'il lui manquait un doigt qu'il avait perdu dans les Dardanelles. Je ne savais pas du tout où étaient les Dardanelles, ni pourquoi on y perdait un doigt, mais cela donnait une dimension de plus au personnage. Il avait aussi vécu tous les drames qu'on vivait à cette époque, il avait connu l'affaire Dreyfus ; or il était juif. Il avait l'esprit très ouvert : il avait connu Anatole France, il l'avait approché de près. Et je me souviens encore, indépendamment de la révélation due à la cassette, qu'il m'a à un moment donné offert les œuvres complètes d'Anatole France : une énorme édition illustrée sur du beau papier, dont j'étais extrêmement fière et qui a disparu au cours des années. Je ne sais ni quand ni où. Nous autres, les enfants, nous l'appelions Popi. Mais ce terme familier n'impliquait aucunement le caractère bonasse et crédule que notre temps se plaît à prêter aux bourgeois d'alors. Celui qui ce jour-là chantait *La Belle Hélène* était un homme infiniment respectable, qui savait tenir sa place dans la société.

Mais ce sont là des souvenirs autres que l'image même qui m'est soudain revenue : des souvenirs d'un lieu, d'un milieu, de gens que j'ai connus et que je n'ai jamais oubliés. De même, ce salon, que je revois si bien, je sais que j'y suis allée bien des fois, le dimanche matin, lorsque le beau-père de Popi, le célèbre colonel Mayer, recevait ses amis dans cette même pièce. Je ne les ai pas oubliés ; cela fait partie de ces souvenirs, disponibles et imprécis, qui n'ont jamais été abolis. Mais ce jour-là ils servaient de cadre à un événement soudain revécu – et l'événement était donc ce chant imprévu de *La Belle Hélène.* Popi, dans mon souvenir, ne chantait jamais ; il pouvait raconter des histoires, peut-être mimer des scènes, mais, habituellement, il ne chantait pas. Peut-être est-ce pour cela que ce souvenir si particulier est alors redevenu présent et vivant pour moi ; et c'est aussi parce que ce qu'il chantait était précisément cette *Belle Hélène* à laquelle la cassette usée venait de me renvoyer. Et j'entends encore ce qu'il chantait alors ; je sais que c'était l'air où le berger Pâris raconte le jugement des trois déesses sur l'Ida et il commence en disant : « Un jour, un jeune et beau berger… » Puis il s'interrompt pour déclarer, en parlant et non plus en chantant, cette modeste explication : « C'est moi. » Or j'entends même le moment où Popi s'interrompait pour en effet bien marquer en parlant, d'un air modeste, bien appuyé, les mots du berger : « C'est moi ! » Il y mettait de l'ironie, de la drôlerie. Et je sais bien que chaque fois qu'aujourd'hui un chanteur néglige l'indication donnée par l'auteur : « parlé », pour chantonner les deux mots caractéristiques « C'est moi », j'éprouve un léger agacement en me disant qu'il ne comprend pas l'ironie du texte. Le souvenir de Popi dans ce grand salon bourgeois et confortable, prononçant si plaisamment la parenthèse ironique introduite là dans l'opérette, est peut-être pour quelque chose dans l'agacement que j'éprouve alors : j'avais, pendant toutes ces années, oublié l'épisode, mais il m'en restait la leçon amusée et reconnaissante.

Drôlement, il échangeait alors, me semble-t-il, un regard de connivence malicieuse avec les quelques amis réunis là pour passer la fin de l'après-midi. Car il n'était pas seul. Ce n'était pas une représentation à proprement parler, c'était une rencontre d'amis, où on se racontait des histoires, où l'on bavardait, où l'on se renseignait sur tout. Et je revois les personnes assises, je revois très bien sur la gauche ma mère, petite jeune femme veuve et discrète, mais aimant rire, et je sais qu'avec elle Popi composait des comédies, où ils se distrayaient beaucoup l'un et l'autre. Et je revois une autre amie – une dame que nous appelions Téké, sans doute l'abréviation de Thérèse, qui a été l'amie et même l'épouse d'un important homme politique. Cela était hors de mon champ d'intérêt, mais je revois encore, comme dans ces jours d'alors, les nombreux bracelets qui tintaient à son poignet. Ils nous fascinaient, nous autres les enfants. Et toute une destinée de femmes est pour moi enfermée dans le souvenir très concret, et rendu à nouveau présent ce jour-là, de quelque bijou de fantaisie, tintant à un poignet de femme. Il y avait aussi, j'en suis sûre, cette dame russe qui venait parfois, et je crois bien me souvenir qu'elle s'appelait Madame Kounakoff. Il me semble qu'on l'accueillait et qu'on l'aidait par gentillesse. Je m'en souviens d'autant mieux que j'ai d'elle un souvenir précis : elle avait beaucoup apprécié la mimique à laquelle je m'étais livrée : pendant qu'un phonographe donnait l'air de *Plaisir d'amour*, je mimais, moi la toute jeunette, les paroles, avec une exagération délibérée. Déjà alors, dans ce salon, avait donc régné, une autre fois, cette atmosphère d'ironie légère et de tolérance qui soudain revenait me frapper grâce à ma cassette usagée.

Il me semble retrouver en moi, au son de cette *Belle Hélène*, une espèce de tendresse reconnaissante qu'inspirait l'atmosphère de ce salon ce jour-là. Peut-être étais-je reconnaissante que l'on me permît d'assister à ce jeu très civilisé. Mais je dois bien me poser la question et me demander si cet attendrissement ne me venait pas d'un jugement formé tant d'années plus tard et me disant combien cette époque avait été accueillante et optimiste. J'étais la petite fille de douze ans émerveillée et reconnaissante ; mais j'étais aussi la vieille dame qui revoit tout et apprécie d'autant mieux les mérites qui n'étaient pas ceux d'un jour, mais ceux d'une époque désormais bien finie, comme avait disparu tout ce qui y jouait un rôle ce jour-là.

Et quand j'y pense, il me semble bien avoir eu, dans ce spectacle soudain redevenu présent, une double participation. C'était un peu comme si la petite fille timide et reconnaissante que je revoyais très bien, assise, le dos tourné à la grande porte-fenêtre vitrée et écoutant émerveillée ces amusements des adultes, c'était moi. Mais, dans ma vision, j'étais aussi, je crois, cette ombre derrière elle, cette ombre amicale et attendrie – je veux dire moi-même, la vieille dame que je suis devenue aujourd'hui et qui n'a plus pour fredonner *La Belle Hélène* que ce filet de voix usée par les années. Quand le souvenir s'impose soudain dans cette réalité saisissante, il semble bien que l'on y joue un double rôle : c'est comme si l'on était devenu une ombre invisible mais lucide, assistant, muette mais émue, à la scène du temps passé.

Il faudrait dire, en effet, qu'il y a comme deux sortes de souvenirs, bien différents les uns des autres. Quand je me souviens des lampes, des meubles de la pièce, de ce grand appartement du boulevard Beauséjour que j'avais vu si souvent dans ma vie, il s'agit de vrais souvenirs que je n'ai jamais tout à fait perdus de vue et qui n'ont guère de relief ni de présence dans ma vie actuelle. Et puis, il y a ce souvenir involontaire à demi oublié et d'une telle précision que l'on a bien l'impression d'y entrer vraiment et de le revivre. J'avais été si saisie par la force de cette seconde sorte de souvenir que j'ai voulu me convaincre de sa réalité. Par un effort d'attention, je voyais, je reconnaissais, la pendule ancienne posée sur le petit meuble, et, derrière la porte, je sais très bien ce qu'il y avait : les deux guéridons face à face ; je pourrais presque dire leur hauteur et leur style, mais c'étaient là des souvenirs de la mauvaise espèce, des souvenirs ordinaires, ceux que j'ai appelés un jour des souvenirs oubliés.

Ces souvenirs oubliés, concernant des détails familiers, n'avaient rien à voir avec la révélation fulgurante que j'avais eue de la scène, en écoutant ma vieille cassette. La force de cette scène ne peut pas aisément être communiquée : on doit seulement la constater et s'en étonner.

Des ouvertures, mais sur quoi ?

Lorsque l'on est âgé et que l'on ne voit plus bien, et que l'on a du loisir pour ruminer ses souvenirs et s'interroger sur leur sens, de telles impressions plus ou moins complètes ou riches, mais toujours tellement plus lumineuses que la réalité familière, vous obligent à rêver au pourquoi des choses. Une paille, me dira-t-on. Chercher le pourquoi des choses est toujours ambitieux. Mais est-ce une raison pour reculer ? Après tout, il vient un moment où il faut bien se poser les questions même déroutantes. Et les petites expériences qui m'ont frappée et que j'ai ici racontées sont, en fait, indiscutables et posent vraiment un problème ; on forme une hypothèse, qui semble audacieuse, et l'on ne peut pas ne pas se demander : « Et si c'était là une vérité ? Si vraiment nous avions un moment, bref mais lumineux, accès à autre chose ? »

On peut en effet imaginer que ce que nous vivons s'inscrit tout ensemble dans le cadre mouvant du présent et son évolution rapide, plus ou moins voués à l'oubli, mais aussi dans un domaine autre, auquel nous n'avons pas normalement accès, mais où se conservent, de façon durable, ces impressions que nous pensions fugitives parce que nous n'avions qu'une vue partielle des choses. On pourrait appeler cet aspect durable et normalement inconnu de nous tout simplement l'éternité.

Naturellement, cela paraît fort déraisonnable, et peut-être un peu fou. Ce n'est pas là l'orientation habituelle de ma pensée, en général fort rationnelle. Mais, après tout, cela est pensable. Je sais bien que nous vivons dans le temps ! Et, à mon âge, avec la mort en perspective, comment pourrais-je en douter ? Les scènes que nous avons vécues au cours de notre vie se situaient dans le temps et ont disparu avec le temps : elles ne reviennent à nous que par la mémoire qui est, elle-même, un moyen de dominer le temps. C'est vrai, et je le sais. Mais il y a des moments qui revêtent une autre dimension. Et le temps, au fond, ne saurait être défini en ramenant tout aux impressions un peu simples de notre expérience quotidienne. Les savants ont, depuis un certain temps, introduit un temps qui est relatif : c'est ce que l'on appelle la relativité. Il se mélange avec l'espace, et se présente d'une façon toute différente de ce que nous pouvons percevoir ; et je me suis laissé dire (mais je n'ai peut-être pas tout compris, loin de là) que des jumeaux, nés en même temps (cela va de soi !), s'ils sont placés dans des endroits différents de l'univers, peuvent au bout d'un délai suffisant présenter des différences d'âge très nettes entre l'un et l'autre. Nous voilà bien avec notre temps quotidien sagement mesuré ! D'ailleurs, on peut bien dire que, si l'on fait attention à la science, on éprouve un sentiment de défiance à l'égard de nos perceptions immédiates. Cela vaut même pour l'espace : n'avons-nous pas maintenant l'habitude de voir réuni en un endroit pas plus gros qu'une noisette le contenu de tous les livres et de toutes les bibliothèques ? Je sais bien que ce lieu si petit est encore dans l'espace : même si c'était un point encore plus petit, ce serait encore un point dans l'espace ; mais ce n'est pas l'espace de notre perception et cela jette un malaise, sème en nous l'idée qu'il y a peut-être autre chose, un monde autre que ce que nous percevons naïvement dans notre univers bien ordonné de tous les jours.

Et c'est pourquoi je me dis qu'il y a peut-être du vrai dans cette impression de revoir les souvenirs non pas comme on revoit, habituellement, les autres souvenirs, mais comme si on avait soudain accès à un monde différent, situé ailleurs, durable, continu et existant indépendamment de nous – si j'ose dire, un monde existant à tout jamais.

C'est ainsi que, si l'on regarde très rapidement des enregistrements d'images conservés dans un appareil, et que l'on passe très vite de l'une à l'autre, cherchant une image précise qui vient seulement après toutes les autres, il peut arriver alors, de façon presque accidentelle, qu'un instant, l'appareil s'arrête sur un cliché qui est tout à coup projeté, sur l'écran lumineux, éclatant, et nous saisit de stupeur avant d'être à nouveau avalé par l'appareil. On a une impression comparable à ce que j'ai ici évoqué : ce que nous avons vu si clairement pendant un instant reste en nous, mais reste aussi, après coup, conservé dans l'appareil. Ces images existent donc, bien au-delà de notre expérience ou de notre vie, enfermées dans un univers auquel nous n'avons accès que par un accident soudain et imprévu. Toutes les expressions que j'ai employées ou que l'on peut employer à propos de ces souvenirs étranges représentent la même idée, la même image – et la même espérance. Je parlais à l'occasion de l'impression d'un rideau qui s'entrouvre, un moment, sur une scène vivement éclairée, qui nous échappe ensuite; on pourrait parler aussi d'un coup de lumière brusque dans la nuit qui nous fait soudain apparaître tout : la mer, le rivage, les îles, les bateaux, pour un court instant, avant de s'éteindre; pourtant les bateaux, la mer et le ciel sont encore là, dans l'appareil, quand nous ne les voyons plus. Un nuage un instant dissipé, une lucarne qui découpe soudain dans le toit un carré de lumière brillante, pour aussitôt disparaître. Toutes ces métaphores correspondent à l'impression que j'ai tenté de décrire. J'ai ainsi eu la faveur d'être admise un bref moment à l'intérieur d'un monastère de femmes : on ressent alors l'impression d'être admis au-delà, dans un monde où tout est différent. Et quand je suis ressortie, j'ai vu la mère supérieure, une femme entourée de respect, vêtue à l'ancienne et très digne, se prosterner soudain comme une fleur coupée aux pieds du prêtre qui m'avait introduite avec lui pour cette brève visite. Ce geste même soulignait la différence entre un monde et un autre. J'avais, pour un bref moment, entrevu ce monde inconnu et différent, mais il n'avait pas cessé d'exister : il était là, « derrière la clôture » !

Ce ne sont là que des images, des approches timides. Mais, après tout, je ne serais pas moi-même si j'oubliais la façon dont, dans *La République* de Platon, les hommes enfermés dans la caverne arrivent par un effort de volonté à se détourner du spectacle obscur qui est sous leurs yeux, à faire effort, à monter, à aller plus haut et à déboucher enfin dans un univers de clarté et de vérité. De tout temps, les hommes ont eu le sentiment d'une aspiration à quelque chose de ce genre ;

ils l'ont traduite de façons diverses, mais elle est revenue. Et comment oublierait-on, quand on l'a vu une fois, ce sourire bienheureux qui apparaît parfois sur le visage des gens qui viennent tout juste de mourir ? J'en ai fait l'expérience et je ne l'oublierai jamais. Ce n'est pas seulement le soulagement que l'on éprouve, quand cessent enfin les souffrances et les misères de la vie : le contentement qui se grave à ce moment-là sur le visage nous laisse alors entrevoir la possibilité d'un monde où tout serait lumineux, serein, éternel.

Tout cela est beaucoup pour les petits souvenirs qui m'ont frappée et que j'ai évoqués dans ce livre. Mais cette gerbe de faits de tous ordres indique assez qu'il y a eu, de tout temps, chez les hommes, ce sentiment qu'il existait ailleurs quelque chose d'autre, de plus durable et de plus précieux, que la réalité à notre portée.

*

Au point où j'en suis arrivée, j'imagine fort bien le lecteur éventuel hochant la tête et pensant alors : « Voici que maintenant elle s'imagine donner une nouvelle démonstration de l'existence de Dieu ! » Eh bien, non ! Je tiens à préciser qu'il n'en est rien et que telle n'est pas mon intention. Il est même assez amusant de penser qu'au début de ce livre je me défendais de vouloir refaire la madeleine de Proust et que me voici, à la fin, en train de me défendre de vouloir offrir une nouvelle démonstration de l'existence de Dieu. Je le répète, telle n'est pas mon intention. Je dois seulement remarquer, en toute honnêteté, que ce monde plus lumineux et plus durable dont j'envisage ici l'existence s'accorde mieux avec la foi et avec la religion qu'avec leur négation et leur refus.

En revanche, il y a une idée à laquelle je m'attacherais volontiers : elle rejoint ce qui a été pour moi une croyance solide tout au cours de ma vie et a souvent dicté ma façon d'agir ou de me conduire. Cette idée tient en peu de mots, et elle n'est pas très précise. Elle se résume dans la formule : « Il y a autre chose. »

Après tout, déjà la mémoire des souvenirs ordinaires nous donne bien la preuve qu'il peut y avoir une localisation tout à fait matérielle de la mémoire dans le cerveau, qu'un souvenir peut être effacé par la destruction de ses cellules, mais que, cependant, tout souvenir est par nature immatériel. On ne peut pas le localiser ; on ne peut pas lui fixer des limites ; il peut même durer fort longtemps, même après la destruction et des cellules et du souvenir proprement dit, parce qu'il se transmet à d'autres personnes, à d'autres esprits et qu'ainsi il survit. Déjà le souvenir que j'ai appelé ordinaire suggère donc l'existence de réalités qui ne sont pas matérielles et autre chose que les apparentes évidences de l'expérience.

Il en va de même des idées : elles sont liées à l'influence des uns ou des autres, elles sont liées à l'existence du langage et, comme précédemment, à l'existence matérielle de notre cerveau. Mais les idées par elles-mêmes sont de toute évidence immatérielles et prouvent par conséquent, elles aussi, qu'il y a autre chose que les réalités matérielles ; et le monde des idées, qui se transmettent de génération en génération, se révèle aussi beaucoup plus durable que l'activité du cerveau à laquelle elles sont liées. Déjà là, il y a autre chose ! Alors, peut-être n'est-ce pas un pas aussi effarant que d'admettre que ces souvenirs, par nature immatériels, peuvent aussi se traduire, le plus souvent à notre insu, dans un monde plus lumineux et plus durable qui, en fait, échappe au temps, et ne nous est révélé que par accident. Or ce qui échappe au temps et se situe hors du temps, comment l'appeler d'un autre nom que de celui d'éternité ?

Et pourtant, ce nom a de quoi faire peur ; et il nous entraîne peut-être un peu loin. Une seule chose est sûre : ces révélations de la mémoire que j'ai évoquées ici nous mènent dans un monde qui peut n'être pas éternel, mais est un monde différent du nôtre, plus lumineux, plus riche, et mystérieusement appelé à renaître. Il y a donc autre chose que les réalités de notre corps, autre chose que les données avec lesquelles nous avons à vivre en ce monde.

Est-ce si difficile d'imaginer cet univers autre ? Je ne crois pas que l'on en ait encore parlé à propos de ces souvenirs si étranges que j'ai tenté de décrire dans ce livre; mais on a soupiré après ce monde, dans tous les temps et sous toutes les formes : on y a le plus souvent cru. Le scepticisme commence avec notre époque où les rapides progrès matériels et techniques se développent avec une telle rapidité que l'on en vient à oublier tout le reste et à croire que l'on domine, à tous égards, l'ensemble du monde – cela avec des résultats qui ne sont pas toujours si heureux, par exemple, lorsque apparaît le grave réchauffement de la planète ou bien les violences accrues dans les divers conflits sociaux ou nationaux. Mais, même à notre époque, même aujourd'hui, beaucoup de gens sentent que cela ne suffit pas et qu'ils ont besoin, pour continuer à être, de reconnaître l'existence d'un monde différent : obnubilés par leurs propres difficultés, ils finissent par limiter là leur horizon, au risque de créer des désastres.

On reconnaîtra alors qu'à côté de l'ici, il y a un ailleurs et qu'à côté du maintenant, il y a un toujours.

J'en ai toujours été profondément convaincue en ce qui concerne le monde moral. Et cette certitude profonde me paraît être une sorte de confirmation de l'hypothèse apparemment audacieuse que j'ai présentée ici à propos de ces souvenirs surgissant de façon bizarre, si brusque et si lumineuse à propos de rien. J'ai toujours le sentiment que dans ce domaine on avait tort de négliger cet autre aspect de la réalité.

En effet, tout le monde en conviendra, il y a autre chose que les journées qui se suivent les unes après les autres, du lever au coucher, du travail à la fatigue, des protestations aux révoltes. Il y a autre chose que ces buts d'enrichissement immédiat ou de survie sans projet particulier, qui font que nos vies s'usent sans jamais viser vers quoi que ce soit de bon, de noble et d'important. Il y a autre chose que cette façon de marcher, les yeux au sol, avec un regard mauvais pour son voisin, sans rien entreprendre, sans rien espérer. Il y a autre chose que le sexe, et l'argent, et même la prétendue gloire de jouer un rôle à coups d'intrigues plus ou moins sordides. À partir de toutes petites surprises que vous ménage parfois l'attention au réel, on découvre qu'il y a autre chose que de vivre pour rien : il y a la possibilité d'obéir à cet élan intérieur tourné vers un monde entrevu, lumineux, durable, qui est peut-être à portée de main pour chacun de nous.

Et je me souviens si bien d'une leçon inaugurale au Collège de France où le professeur

– c'était Yves Bonnefoy – expliquait les principes de la poésie et déclarait à un moment, d'une voix profonde et solennelle, comme une découverte essentielle : « Il y a du sens. » Je ne suis pas sûre que les auditeurs aient tout à fait compris alors ce qu'il voulait dire ; en tout cas ils ne furent, sans doute, pas nombreux à comprendre. Mais il y eut pour tous un moment d'émotion, de souffle suspendu, de découverte ; et il y a eu la certitude que cela nous aidait tous de penser et de comprendre que, malgré tous nos errements, quelque part « il y a du sens ».

Je crois bien avoir vécu toute ma vie en fonction d'un tel idéal et m'être entendue particulièrement bien avec ceux qui le partageaient. C'est peut-être pour cela que j'ai été prête à accueillir les souvenirs étranges qui m'ont occupée dans ce livre. Mais les surprises qu'ils m'ont procurées ont été comme une confirmation, comme une certitude : et c'est ce qui m'a donné envie, quitte à risquer le ridicule, de les dire au lecteur en toute honnêteté. Ce serait si bien si l'on pouvait un peu plus lever les yeux vers ce qui dure, vers ce qui est ! Je n'ai pas de preuve à fournir : j'ai simplement présenté ici les éléments de mon dossier. Et vers la fin de ma vie, ayant l'esprit plus libre, peut-être plus las, en tout cas plus ouvert aux impressions étranges et fugitives qui parfois me traversent, j'ai eu le sentiment d'une obligation : moi qui ai toujours vécu inspirée par la raison et le culte du vrai, j'ai jugé que je ne pouvais pas garder pour moi ce clignotement de lumière apparu dans un monde qui aujourd'hui se présente si souvent de façon dramatiquement sombre. Après tout, nos actes quotidiens et nos petites expériences ont sans doute plus d'importance que nous ne le pensons, puisqu'on peut ainsi les retrouver immobilisés dans la lumière. J'ai à présent presque complètement perdu la vue, mais cette lumière m'a véritablement remplie d'une stupeur heureuse. Michael Edwards appellerait cela, j'en suis sûre, l'émerveillement, et c'est bien vrai : j'en ai été émerveillée.

APPENDICE

L'exemple auquel il est fait allusion ici est celui de Stefan Zweig dans la longue nouvelle intitulée *Le Voyage dans le passé*; le manuscrit est resté inconnu depuis 1929 pendant de longues années; il est maintenant édité en allemand et en français[1]. L'histoire est celle de deux êtres qui se sont profondément aimés, ont été séparés et se retrouvent après dix ans de séparation et de renouvellements apportés par la vie. Ils tentent de se rejoindre, mais se heurtent à la difficulté de faire revivre un passé à ce point aboli. Et ils errent dans une ville allemande, incertains et malheureux, jusqu'au moment où un certain souvenir vient frapper de façon soudaine le principal personnage. Et c'est là un passage qui peut être rapproché de ceux qui ont été cités dans notre texte.

---

1. Grasset, 2008.

Le personnage voit leurs deux ombres devant eux qui, par un jeu de lumière, se rapprochent et s'éloignent successivement. Il cherche quel souvenir cela lui rappelle ; il cherche longtemps en vain. Il cherche alors « quelque chose de profondément enfoui en lui, comme une source, et qui jaillissait avec violence maintenant que le souvenir s'y aventurait, brusque et menaçant, pour aller y puiser. Mais qu'était-ce donc ? – Il se concentra, que cherchaient à lui dire ces ombres qui cheminaient, dans ce bois qui s'endormait : ce devait être des paroles, une situation, une expérience vécue, entendue, ressentie, comme enveloppée dans une mélodie, une chose enfouie tout au fond de lui, qu'il n'avait pas perçue depuis des années.

« Et cela éclata soudain, éclair déchirant l'obscurité du souvenir : c'était bien des paroles, un poème qu'un soir elle lui avait lu dans sa chambre. Un poème, un poème français, il en connaissait chaque mot, et, comme apportés par un vent brûlant, ils étaient là tout d'un coup sur ses lèvres, il entendit, à une décennie de distance, prononcés par sa voix à elle, ces vers oubliés d'un poème étranger… »

Le poème retrouvé (et inexactement cité) est de Verlaine et évoque des spectres cheminant côte à côte, rappelant un passé disparu.

Comme dans les autres exemples qui nous intéressent ici, la révélation est soudaine, intense et d'une rare plénitude. Mais il faut préciser différents traits.

Tout d'abord, le souvenir retrouvé joue un rôle capital dans l'action. Il renvoie à un moment du passé de cette action, il fournit le sens de l'ensemble, et il en est même, en réalité, l'unique conclusion. Le récit s'arrête en effet sur cette découverte de la mémoire et ne dit pas comment le héros s'en tire pour sauver sinon leur bonheur, du moins des rapports épurés et conformes à ce qu'était leur amour. C'est la même différence que l'on a trouvée entre les exemples cités dans la préface et ceux que nous avons réunis dans cet ouvrage. La différence est même encore plus sensible que pour ces autres exemples. À ce sujet, on peut d'ailleurs remarquer qu'il est presque impossible que survienne dans des romans et des histoires suivies ce genre de souvenirs, ne se rattachant à rien et nés de rien comme ceux que j'ai essayé ici de réunir.

On peut même dire qu'en somme tout le récit de Zweig, avec ses belles analyses si riches et si nuancées, aboutit à sa conclusion par une expérience exceptionnelle qui apporte la seule fin possible à cette histoire ne pouvant aboutir à rien. Ce surgissement de la mémoire est en effet donné de façon inattendue, mais tellement forte, que l'on ne peut pas douter un instant que l'auteur connaissait ce genre d'expérience. Et l'on remarque au passage que les mots, dans toute la suite que nous n'avons pas citée ici, sont des mots extrêmement forts[1]. Ces détails prouvent de façon éclatante que, si le surgissement du souvenir n'est pas plus indépendant de l'histoire que dans les autres exemples cités dans notre préface, il prend un tel relief qu'il se rattache manifestement à un genre d'expérience familier à l'auteur ou au moins connu de lui. Par-delà cette longue nouvelle, la description soudaine du surgissement de ce souvenir constitue donc pour nous un précieux encouragement.

1. On se reportera pour cela aux pages 100 à 102 de la traduction française.

Table

Du même auteur :

Aux éditions Les Belles Lettres

THUCYDIDE, édition et traduction, en collaboration avec L. Bodin et R. Weil, 5 vol., Coll. des Universités de France, 1953-1972.

THUCYDIDE ET L'IMPÉRIALISME ATHÉNIEN – *La pensée de l'historien et la genèse de l'œuvre* (1947 ; 1961 ; épuisé en français).

HISTOIRE ET RAISON CHEZ THUCYDIDE, 1956 ; 3e éd. 2005.

LA CRAINTE ET L'ANGOISSE DANS LE THÉÂTRE D'ESCHYLE, 1958 ; 2e éd. 1971.

L'ÉVOLUTION DU PATHÉTIQUE, D'ESCHYLE À EURIPIDE (P.U.F., 1961), 2e éd. 1980.

LA LOI DANS LA PENSÉE GRECQUE, DES ORIGINES À ARISTOTE, 1971 ; 2e éd. 2001.

LA DOUCEUR DANS LA PENSÉE GRECQUE, 1979 ; Pluriel, 1995.

« PATIENCE, MON CŒUR ! » – *L'essor de la psychologie dans la littérature grecque classique*, 1984 (2e éd. 1991) ; Agora, 1994.

TRAGÉDIES GRECQUES AU FIL DES ANS, 1995.

Aux éditions Hermann

PROBLÈMES DE LA DÉMOCRATIE GRECQUE, 1975 ; Agora, 1986 ; rééd. 2006.

Aux Presses Universitaires de France

LA TRAGÉDIE GRECQUE, 1970 ; Quadrige, 5e éd. 1994.
PRÉCIS DE LITTÉRATURE GRECQUE, 1980 ; Quadrige, 2002.
HOMÈRE (coll. « Que sais-je ? »), 1985 ; 2e éd. 1992.
LA MODERNITÉ D'EURIPIDE (coll. « Écrivains »), 1986.

Aux éditions Vrin

LE TEMPS DANS LA TRAGÉDIE GRECQUE, 1971 (traduction du texte paru en 1968 à Cornell University Press).

Aux éditions Fata Morgana

JEUX DE LUMIÈRE SUR L'HELLADE, 1996.
HÉROS TRAGIQUES, HÉROS LYRIQUES, 2000.
ROGER CAILLOIS HIER ENCORE, 2001.
DE LA FLÛTE À LA LYRE, 2004.

Aux éditions Julliard

La Construction de la vérité chez Thucydide (coll. « Conférences, essais et leçons du Collège de France »), 1990.

Aux éditions ENS, rue d'Ulm

L'Invention de l'histoire politique chez Thucydide. Études et conférences. Avec préface de Monique Trédé, 2005.

Aux éditions Bourin

Actualité de la démocratie athénienne, 2006.

Aux éditions Bayard

Jacqueline de Romilly raconte l'*Orestie* d'Eschyle, 2006.

Aux éditions Stock

Avec Monique Trédé *Petites leçons sur le grec ancien*, 2008.

Aux éditions de Fallois

LES GRANDS SOPHISTES DANS L'ATHÈNES DE PÉRICLÈS, 1988.

LA GRÈCE À LA DÉCOUVERTE DE LA LIBERTÉ, 1989.

DISCOURS DE RÉCEPTION À L'ACADÉMIE FRANÇAISE ET RÉPONSE DE M. ALAIN PEYREFITTE, 1989.

OUVERTURE À CŒUR, roman, 1990.

ÉCRITS SUR L'ENSEIGNEMENT. *Nous autres professeurs* (1969), *L'enseignement en détresse* (1984), 1991.

POURQUOI LA GRÈCE ?, 1992.

LES ŒUFS DE PÂQUES, nouvelles, 1993.

LETTRE AUX PARENTS SUR LES CHOIX SCOLAIRES, 1994.

RENCONTRES AVEC LA GRÈCE ANTIQUE, 1995.

ALCIBIADE, 1995.

HECTOR, 1997.

LE TRÉSOR DES SAVOIRS OUBLIÉS, 1998.

LAISSE FLOTTER LES RUBANS, nouvelles, 1999.

LA GRÈCE ANTIQUE CONTRE LA VIOLENCE, 2000.

SUR LES CHEMINS DE SAINTE-VICTOIRE (Julliard, 1987), 2002.

SOUS DES DEHORS SI CALMES, nouvelles, 2002.

UNE CERTAINE IDÉE DE LA GRÈCE, Entretiens avec Alexandre Grandazzi, 2003.

L'ÉLAN DÉMOCRATIQUE DANS L'ATHÈNES ANCIENNE, 2005.

Les Roses de la solitude, 2006.
Dans le jardin des mots, 2007.
Le Sourire innombrable, 2008.
La Grandeur de l'homme au siècle de Périclès, 2010.

Composition réalisée par Asiatype

Achevé d'imprimer en septembre 2010 en Espagne par
LITOGRAFIA ROSÉS
Gava (08850)
Dépôt légal 1re publication : octobre 2010
LIBRAIRIE GÉNÉRALE FRANÇAISE
31, rue de Fleurus – 75278 Paris Cedex 06

31/3356/8